後宮の記録女官は真実を記す

悠井すみれ Sumire Yui

アルファポリス文庫

https://www.alphapolis.co.jp/

序章　夏天国《かてんこく》後宮の記録女官

　窓から舞い込んだ桃の花弁が、書に目を落としていた碧燿《へきよう》の頭にふわりと着地した。白い花弁は、彼女の燃えるような赤い髪にはよく映えるだろう。遠目には、季節外れの淡雪のようにも見えるかもしれない。

　柔らかな春の風は、花弁だけではなく香辛料や酒精の芳《かぐわ》しい香りや、管弦の音も伴っていた。書類が山と積まれ、墨と紙の乾いた匂いだけが漂う、碧燿の殺風景な仕事部屋も、一瞬だけ華やかな気配に包まれる。見なくても分かる、後宮の一角で行われている賞花《しょうか》の宴は、さぞ賑わっているのだろう。

（皇帝陛下もご臨席とか。妃嬪《ひひん》の方々も、さぞ気合を入れているのでしょうね）

　宴席では、妃嬪たちが髪に挿した金銀や玉の装飾や、色も模様も様々な絹の衣装が、花よりも眩《まばゆ》く鮮やかに咲き競っているのだろう。

　思い浮かべるだけでも目が眩《くら》みそうな絢爛《けんらん》な場面を頭から振り払うべく、碧燿は桃の花弁をそっと摘まむと、吹き飛ばした。

美酒美食も妙なる調べも、彼女にとっては無用のもの、春を愛《め》でるなら一片の花弁だけで十分だ。宴の賑わいの欠片《かけら》を堪能したところで、仕事を再開すべく筆を取った——ちょうどその時、碧燿の手元に影が落ちた。

「ひとりで仕事をさせて悪いわね、碧燿。貴女《あなた》は行かなくて良かったの?」

柔らかく語りかけてきた声の主は、白く変じた髪を結い上げた年配の女官だった。

その名は、何司令《かしれい》。碧燿が所属する尚書司《しょうしょし》の長のひとりで、彼女の上司に当たる。手にした盆に、湯気を立てる茶器と精緻な細工の菓子が並んでいるのは、宴席に並ぶはずのものを差し入れにしてくれたのだろうか。

「静かなほうが集中できますから。お気遣いありがとうございます、何司令」

上司の気遣いに感謝して、碧燿はしばし休憩を取ることにした。紙や硯《すずり》を卓上から丁寧に除《の》けて、万が一にもこぼれた茶や菓子の屑で汚れないようにする。

「仕事熱心で助かるけれど——陛下のご龍顔《りゅうがん》を拝見する好機だったのに。若い子は気になるものではなくて?」

空いた卓に茶菓を並べながら、何司令は悪戯《いたずら》っぽく微笑んだ。

今日の宴は、妃嬪だけでなく宮女も女官も、婢《げじょ》でさえ、何らかの口実をつけて覗きに行っている。ひと目でも皇帝の姿を垣間見たい、あわよくば目に留まりたいと切望してのことだ。今上の皇帝は即位して間もなく、しかも、夏天の国の後宮に成人した皇帝がいるのは久しぶりのことだから、無理がないことではあるのだけれど。

「私は、妃嬪ではありませんから。彤史《とうし》にとって重要なのは、皇帝陛下が何をなさるか、それをいかに記録するかだけです」

尚書司は、後宮において書籍や記録を司《つかさど》る部署だ。碧燿は、特に彤史という記録官の役職を拝命している。

彤史の役目は、後宮の諸々の事象について真実を記すこと。皇帝や妃嬪の動向、女官や婢の賞罰、官の出入りに、気象や事件に至るまで、細大漏らさず。

華やかさとは縁遠いが、誉《ほま》れは高い。妃嬪の位《くらい》よりもよほど、なんて思うのは、碧燿くらいかもしれないけれど。

碧燿が述べたのは、彤史として当然の心構えのはずだった。

「まあ、頼もしいこと。でも碧燿、貴女はあの巫馬《ふば》家の養女でしょう？　本来なら四《よん》夫人《ふじん》にも列せられるかもしれないのに」

なのに、何司令の口調や視線に、探るような気配を感じて、彼女は思わず声を高めた。

「……もしや、お疑いですか？　私は、彤史になりたくて後宮に入ったのですよ？　この格好で、妃になんてなれますか⁉」

自らの胸を指して、示した通り。碧燿が纏《まと》うのは色気のない男装の袍《ほう》だ。墨を扱う職務ゆえに、ひらひらした絹の袖なんて邪魔になるだけなのだ。

人目を気にする必要もないから、髪も簡単に括っただけで簪《かんざし》のひとつも挿していない。化粧っ気もなく、身を飾るものといえば、名前の由来にもなっている翡翠色《ひすいいろ》の目くらい。これで皇帝の目に留まろうなどと思うなんて、いっそ不敬というものだろう。

「巫馬家の意向は、気にしないでくださると仰ったではないですか……」

碧燿を引き取った巫馬家は、夏天屈指の名家であり、今上帝の即位に当たっても大功があったのは間違いない。義父や義兄が、碧燿が皇帝の寵を受ければ良いと期待していたのも知っている。

普通の娘なら、養家の厚意に感謝していたところだろう。今日の宴にも、嬉々として着飾って出席していたはず。でも、それは碧燿が望む道では決してない。

「私は——何司令のように、生涯を書と記録に捧げたいのです……！」

拳を握って必死に訴えた碧燿は、何司令の軽やかな笑い声で迎えられた。

「……あの？」

「私が貴女の覚悟を疑うはずがないでしょう。『本当の』お父上のことを知っていれば、なおさら！」

何司令の目には、笑い過ぎでうっすらと涙が滲《にじ》んでさえいた。碧燿は、よほど的外れなことを言ったらしい。

「私の言い方も悪かったわね。ごめんなさい――私はただ、貴女がほかの女官に妬《ねた》まれたりしていないかが心配で」

「ああ……」

誰もが賞花の宴に行きたがる中、ひとり仕事部屋に残っていたら、仲間外れにされているのではないかと案じるのは当然のことだった。上司の気遣いの深さを知って、碧燿の頬が熱くなる。

「あの、誘ってくれた人もいるのでご心配は無用なのです。本当に」

早口に述べて、照れ隠しに菓子をほおばってから――碧燿は、声を潜めた。

「……私たちは、皇帝陛下をしっかりと『見張る』のが務め、ですよね？　お姿を見ようと浮かれるのは、よろしくないかと思います」

今日の後宮では、盗み聞きを恐れる必要はないだろうけれど。それでも、畏《おそ》れ多いことを口にすると、碧燿の胸は不穏に高鳴った。

「……ええ。そうね」

頷く何司令も、笑みを収めて重々しい表情になっている。

真実の記録は、彼女たちにとっては至上の使命。けれど、この三十年というもの、夏天の国では「真実」があまりにも蔑《ないがし》ろにされてきた。新たに即位したばかりの皇帝がこの国をどのように導くかについて、まだ誰もはっきりとした指針を知らないのだ。

「名君であらせられれば、良いのだけれど」

宴が催されている方の空を見上げて、何司令がぽつりと漏らした。これですべてが良くなる、と素直に喜ぶには、あまりにも多くの悲劇や惨劇を見てきたのだろう。

「はい。――たとえそうでなくても、包み隠さず記さなければなりませんね」

若輩の碧燿も、何司令の呟きに大きく頷くくらいには、権力者というものを信用していなかった。彼女も、それなりの経験を潜り抜けてきている。

「真実を記すのが、私たちの務めなのですから……！」

権力の座にある者は、とかく不都合な「真実」を握り潰し、捻じ曲げようとするものだ。

暗黒の三十年を乗り越えた何司令たちに倣《なら》って、何があっても節を曲げてはならない、と。碧燿は固く決意した。

彼女の決意は思いのほかに早く、ほんの数か月後に試されることになる。

一章　宝物の行方と鳳凰《ほうおう》の正体

「――嫌、でございます」

碧燿《へきよう》が椅子に掛けたまま短く告げると、その男はたいそう不快げに眉を顰《ひそ》めた。形良い唇もやはり不快げに歪み、不機嫌も露《あらわ》な低い声が吐き出される。

「お前は俺を何者と心得る。分からぬほどの愚か者に彤史《とうし》が務まるのか」

「皇帝陛下であらせられますよね？」

さらりと応えると、男の眉間の皺はいっそう深まった。

ここは夏天《かてん》の国の後宮の最奥、そこに足を踏み入れられる宦官《かんがん》でない男など限られている。真鍮《しんちゅう》の帯に青衣の袍《ほう》と、たとえ下級の官の装いをしていても、姿勢の良さや言葉遣いの上品さ、なによりこちらが一も二もなく額《ぬか》ずいて当然と思っていそうな居丈高さは、間違いようもなく貴人のものだ。

（わざわざ聞くほうが愚かというものでは……？）

男が絶句する気配を感じながら、碧燿は黙々と仕事を続けた。すなわち、手元に積まれた書き付けの文字を、書庫に収めるに相応しい、明瞭かつ品格ある手跡《しゅせき》で、巻物に写し取っていく――写し取っていこうと、したのだけれど。

「手を止めよ。顔を上げよ。不敬である」

「……はい」

命じられて、渋々ながら筆を置く。

龍顔《りゅうがん》を直視するのもそれはそれで不敬だろうに、良いのだろうか。不思議に思いながらも顔を上げると、深い青の目が鋭く険しく碧燿を睨《ね》めつけていた。

（なるほど、これが皇帝陛下）

賞花の宴を覗き見た同僚たちは、皇帝の顔はよく見えなかったと嘆いていた。興味のなかった碧燿が、こんなにも間近に至尊の御方と顔を合わせることになるとは、皮肉というか何というか。

精悍な、整った顔立ちのその男――皇帝の名は、藍熾《らんし》といったはずだ。熾《おこ》る藍、とは、まさしく苛立ちぎらつく彼の目の色から取ったのだろう。

「俺の正体を、分かった上で拒むならばなお愚かだ。珀雅《はくが》、これが本当にそなたの義妹《いもうと》か？」

かしこまることなく小首を傾げるだけの碧燿では、埒《らち》が明かない、と。賢明にも察してくれたのか、藍熾は憤然と振り返った。

その視線の先にいるのは、確かに碧燿の義兄、巫馬《ふば》珀雅だ。

というか、義兄がいることとそれ自体もこの男の正体を示唆していた。何しろ――典雅な貴公子めいた佇まいとは裏腹に――珀雅はたいそう腕の立つ武官で、皇帝の護衛を務めているのだから。そうそうほかの者に付き従うはずがないのだ。

「は。私《わたくし》自慢の、可愛い義妹《いもうと》でございます」

蕩《とろ》けるような笑顔で応じた珀雅のことを、藍熾は悪趣味だと思ったに違いない。碧燿をちらりと捉えた青い目は、これのどこが可愛いのか、と雄弁に語っていた。この点については碧燿も心から同意する。

（義兄様《にいさま》ってば、恥ずかしいんだから、もう……）

碧《みどり》の目と燃えるような赤い髪は、まあ物珍しい部類に入るだろう。けれど、碧燿にはそれを見せびらかす気は欠片もない。

どうせ墨で汚れる仕事なのだ。今日も、碧燿は例によって化粧っ気も飾り気もない男装に身を包んでいる。

碧燿にとっては、彤史の役職こそが絹よりも玉よりも眩《まばゆ》い装飾だ。真実のみを記す記録官。つまりは、脅しや賄賂に屈することがないと、信頼されなければ就けないのだから。

「融通が利く彤史がいると言うから命じたものを。これでは役に立たん」

（何ですって……？）

その誉れ高い仕事を邪魔されて、あまつさえ、誇らしい役名を苛立たしげに吐き捨てられて。碧燿の忍耐はあっさり切れた。不遜な小娘と思われようと構うものか。そもそも信じても尊敬してもいなかったけれど、碧燿の皇帝に対する印象は、一気に最悪、に傾いた。

「義兄《あに》が何を申し上げたか存じませんが――」

言いながら、碧燿は卓上を手で探る。無駄話の間に乾いてしまいそうな筆や、反故《ほご》の紙片や積み上げた巻物ではなく――求めていたのは、印刀だ。

彼女が記録を記すのは紙にだけではなく、いまだ竹簡や木簡も健在だ。書き損じた文字を削り取るだけの、ごく小さな刃。でも、首に穴を空けるには足りるだろう。

手に馴染んだ柄《え》を握りしめて、碧燿は印刀の切っ先を自身の喉元に向けた。

「彤史の務めは偽りなく真実を記すこと。違《たが》えた場合の咎《とが》は死あるのみ、です」

碧燿の神聖な仕事を、先触れもなく邪魔をして、この皇帝は一方的に命じてきたのだ。

妃嬪《ひひん》の夜伽《よとぎ》の記録を偽れ、と。彼が告げたままのことを書き記せ、と。

（寵の偏りを誤魔化したいのか、外戚がうるさいんだか何だか知らないけど……！）

彤史の務めへの侮辱であり、頷くことなどできるはずもない命令だった。

命じたのが何者であろうと、露見すれば碧燿は不名誉な死を免《まぬが》れない。いや、たとえ露見しなくても、彼女自身が生きていたくない。

ゆえに、彼女は言下に断ったのだ。理不尽を命じておいて機嫌を損ねるなど、珀雅が仕える主君も大したものではない。夏天の未来も暗そうだ。

「死に値する行いをあえて為せ、ということは、死ね、とのご命令だと承りました」

碧燿は藍熾を鋭く睨み、印刀を握った手に力を込めた。喉もとの柔らかな皮膚に、刃物のひやりとした冷たさが忍び寄る。

「おい――」

碧燿の怒りと本気をようやく悟ったか、藍熾の目に焦りの色が浮かぶ。が、無視して立ち上がる。そうして、伸ばされかけた相手の手から距離を取る。

（止められて堪るものですか！）

己がいかに愚かなことを命じたのか、この皇帝には思い知ってもらわないとならない。見開かれた青い目をしかと見据え、碧燿は、いっそ微笑んで唇を動かした。

「若い身空で死を賜《たまわ》るとは悲しく恐ろしいこと、父母に対しても不孝ではございます。が、宮官《きゅうかん》などしょせん卑賤の身。尊い方々の一存で命が散らされるのも、まあよくあることでしょう。もちろん、奴婢《ぬひ》といえど戯《たわむ》れで踏み躙《にじ》るのは君子に相応しい振る舞いではございませんが。我が一命をもってお考えを改めてくださるならば本望というほとんどひと息に言い切った、その勢いのまま——碧燿は目を閉じて喉を反らし、鋭い印刀を振り上げた。

碧燿の首から真紅の鮮血が噴き上がる——ことは、なかった。

印刀の切っ先は、彼女の肌から紙一重だけ離れたところで辛うじて止まっている。全力で振り下ろしたはずの腕をしっかりと捕らえたのは、藍熾の後ろに控えていた珀雅だった。

豹《ヒョウ》の疾《はや》さとしなやかさで、一瞬にして距離を詰め、碧燿の動きを封じたのだ。さすが、皇帝の護衛を務めるだけのことはある。気付けば、碧燿の眼前に端整な貴公子の顔が迫り、漆黒の目が悠然と微笑んでいる。

碧燿の手から小刀を取り上げながら、珀雅は息も乱さず、そっと囁《ささや》く。

「危ないことをする。若い娘の肌に痕が残っては、いけない」

「私には無用のご心配かと思いますが……」

普通の娘なら、のぼせ上がって何も言えなくなるところだったろう。けれどあいにく、碧燿は義兄の顔に慣れている。だから答えは落ち着いたものだった。

可愛げのない義妹を大仰に気遣う白々しさに、珀雅に向ける眼差しはむしろ冷たかったかもしれない。

（信頼に、応えてはくださったのだけど！）

碧燿が紙を汚す暴挙に出るはずはなく、また、この義兄が、彼女が傷を負うのを見過ごすはずはないのだ。

藍熾に対して啖呵《たんか》を切ったのは、珀雅が忍び寄る時間稼ぎのためでもあった。芝居に付き合わされたのに気付いたのだろう、高貴なはずの皇帝が、柄悪く舌打ちをした。

「死ぬつもりなど毫《ごう》もなかったのだな。珀雅の助けを見越しての長広舌か……！」

「諫言《かんげん》というものでございます。お聞き入れいただけましたら光栄の至り」

とはいえ、碧燿が本気だったことに変わりはない。刀を振り下ろしたのは全力だったし、述べた内容も心からのもの。横暴な命に屈して彤史の矜持を汚すなら、死んだ方がマシだと――伝わっていれば、良いのだけれど。

「……義兄様も、私に諫言《それ》を求めていらっしゃったのですよね？　陛下の思いつきを、止めさせようと……？」

そうであって欲しい。というか、違うなどとは言わせない。確認と懇願と、少々の脅迫めいた圧を込めて碧燿が問うと、けれど珀雅はあっさりと首を振った。

「いいや。私は常に陛下の御為《おんため》にある。彤史に御用がおありだと伺ったから、どうせなら可愛い義妹《いもうと》を使っていただきたいと思ったまで」

主君を諫めずへつらうばかりか、義妹を売り込もうとしていたらしい。まったくもって悪びれるところのない、呆れた言い分だった。

「巫馬家にはほかにまともな娘がいないのか」

「主君の横暴を見過ごすとは。義父様《とうさま》が嘆かれますよ」

呆れたのは藍熾も同じだったのだろうか。溜息混じりの声は重なり、しかも互いの悪口を含んでいたとあって、深い青と碧の目が絡み合い、睨み合った。

それを見て何をどう期待したのか、珀雅の口元がふわりと微笑む。花咲くような典雅な笑みだった。

「色々と事情があるのだよ。――この娘《こ》に教えても?」

珀雅の言葉の前半は碧燿に、後半は主君に向けたものだった。そして此度《こたび》も、ふたりの答えはほぼ同時、かつ内容も似たり寄ったりのものだった。

「宮官にいちいち説いて聞かせる必要がどこにある」

「何を聞いたところで不正に変わりはありません」

藍熾はどこまでも傲岸そのもの、一方の碧燿も、頷く気は欠片もない。またしても険悪な睨み合いが続くこと数秒――藍熾はふと卓上に目を逸らし、皮肉っぽく棘《とげ》のある笑みを浮かべた。

「――真実を記す高潔な役、だと？　そなたが書いていたこれは、嘘偽りではないのか？」

彼が取り上げたのは、碧燿が先ほどまで取り組んでいた昨日の記録の巻物だった。若い彼女は彤史としても新参の下っ端で、担当するのは侍女や女官や奴婢の動向が主なところだ。昨日、後宮を陰ながら支える彼女たちの間で話題になったのは——

女官に鳳凰の飛来を見たと称する者あり。いずこより来ていずこへと去るかは知らず。羽根は残らず、ただ五彩《ごさい》の翼の煌《きら》めきが降ったと云《い》う。

「……触らないでください！」

汚れや破損を恐れて手を伸ばす碧燿を嘲笑うように、藍熾は長身を活かして巻物を掲げる。わざわざ碧燿の手の届かない高みで、同じくらいの背丈の珀雅に見せるのが底意地が悪い。

「鳳凰——瑞兆《ずいちょう》ではございませんか」

「今の夏天に瑞兆が出るはずはない」

珀雅の感想は、藍熾の意に適《かな》うものではなかったのだろう。不機嫌そうな唸り声は、けれど碧燿には少し面白かった。

（自覚があるんだ）

夏天の国は強大だけれど、三十年にわたる悪政にようやく終止符が打たれたばかりで、その内情は決して褒められたものではない。この皇帝を間近に見れば、未来に対して甘い期待を抱くのも愚かだと分かる。

なのに当の皇帝が、瑞兆を真っ向から否定するなんて。あるいは、彼が否定するのは碧燿の仕事ぶりだけのつもりなのかもしれないけれど。

「嘘偽りではございません」

巻物を返せ、と。手を差し出して訴えながら、碧燿は皇帝からの下問に答える。鳳凰の飛来などは夢物語ではないのか、という。

確かに、彼女も神鳥の出現など信じているわけではない。でも――

「不可思議なこととは存じましたが、調べた上でそのように記すしかないと結論いたしました」

「調べた、だと？」

「鳳凰を見たという宮女や奴婢に話を聞きました」

ようやく巻物を取り戻し、墨の掠れがないのを確かめて息を吐く。指先で文字をなぞりながら思い出すのは、それを記すまでのちょっとした苦労のことだ。

「いずれも目が衰えているということもなく、時刻も示した方向も一致しておりました。鶴の類が虹と重なれば、そう見えるかも、とも思いましたが、天候にも変事はございませんでした。王婕妤《おうしょうよ》の孔雀《くじゃく》や木美人《もくびじん》の鸚鵡《おうむ》が逃げ出したということもなく――」

「孔雀や鸚鵡を飼っている者がいるのか」

藍熾は己の妻たちのことをろくに知らないらしい。当然、寵愛を求めての彼女たちの必死の努力や争いも、なのだろう。

(先日の賞花の宴も、妃嬪がたには目もくれず、早々に退出されたそうですね……？)

碧燿は相手に気付かれないように、微かに皮肉な笑みを浮かべた。

「はい。何しろおおかたの者は退屈しておりますので、気分を紛らわせる鳥獣や、金魚の類は人気がありますね。……以前、鸚鵡が逃げた時は大騒動でした。翼を広げると結構大きいのですよね。羽も色鮮やかで、陽射しを浴びた姿を鳳凰と見間違えた可能性も考えたのですが、違ったようで」

翼を広げることもできない鳥籠に押し込められる鸚鵡は哀れだし、ならば後宮という大きな籠の中、顧みられることなく朽《く》ちていく妃嬪たちも哀れだ。

声を湿らせた碧燿の感慨は、けれど藍熾の苛立った声によって吹き飛ばされる。

「回りくどい。言い訳せずに認めるが良い。そなたは鳳凰などという偽りを記した。彤史の矜持など建前に過ぎぬということではないのか。ならば妃嬪の進御《しんぎょ》の記録に携わるのは喜ぶべき名誉であろう」

「偽りではございません。鳳凰を見た者がいるということと、鳳凰が実在するということは別の話です」

「詭弁《きべん》だ。そして、些事《さじ》だ」

短く切り捨てられて、碧燿はそっと溜息を呑み込んだ。

呆れを露にしては、この皇帝は機嫌を損ねるだけだろう。ひと通り当たり散らして諦めてくれるなら良いけれど、どうも彼女を言い負かして従わせようという気配があるから面倒くさい。

(私の性格は知ってましたよね？　どうなるかも、分かってますよね？)

ちらりと義兄を睨むと、大丈夫、と言いたげな微笑が返ってきた。いったい何が大丈夫なのか分からないけれど――やりたいようにやって良いのだろう、と碧燿は理解した。

というわけで、皇帝の深い青の目を遠慮なく見上げ、口を開く。

「述べたことが記録される――認められるということが肝要なのです。尊い方々は、下々の言葉には耳を傾けてくださらないことが多いですから。強制されることのない証言の蓄積は、いずれ役に立つこともあるでしょう。彤史が真実を綴《つづ》るという信頼があるからこそ、真実を語ってくれる者もいるはずで――ですから、私にはその信頼を裏切ることはできません」

だからさっさと帰れ、と。言外に告げた上で、碧燿は態度でも拒絶を示すことにした。すなわち、椅子に座り直し、先ほどの騒動で乱れた卓上を整える。彼女に割り当てられた書面、これから書き写すべき記録に目を通し――

「御前を失礼いたします。急用ができました」

碧燿は、すぐさま立ち上がった。目を丸くする藍熾と、微笑みを絶やさぬ珀雅の間をすり抜けて。手に紙片をひっつかんで。下っ端形史に与えられた小部屋から、足早に抜け出す。

「待て。どこへ行く」

「ついて参りましょう。義妹《いもうと》の仕事ぶりを、見ていただけるやもしれません」

慌てた風情《ふぜい》の藍熾はともかく、珀雅の声に面白がる響きを聞き取って、碧燿は強めに床を蹴って大きく足を踏み出した。

（もう、見世物じゃないのに！）

手元に届いた書き付けの中に、碧燿は真実でないこと、隠されたものがある気配を読み取ってしまったのだ。彼女なりに経緯を糺《ただ》しておかないと、正式な巻物に残せはしない。それ自体はいつものことだから良いけれど――

あからさまに目立つ、見た目の良い男ふたりを引き連れては、調査が捗《はかど》らないであろうことが気懸かりだった。

碧耀の目に留まった書き付けには、次の文章が記されていた。

芳林殿《ほうりんでん》にて姜充媛《きょうじゅうえん》の宝物が失われる。よって、宮女《きゅうじょ》一名を獄に入れる。

＊　＊　＊

最初、碧耀が握りしめていた紙片は、義兄の珀雅へ、次いで皇帝の藍熾へと渡った。

官吏が特別に許可を得て後宮に足を踏み入れるのは、まあまったくないことではない。特に形史の碧耀を先頭に進んでいるから、傍目には何かしらの用事があるのだろうと見えるかもしれない。

（でも、もう少し人目を憚《はばか》って欲しい……）

なぜか碧耀が引き連れる形になっている殿方ふたりは、背も高く見目良く、たいそう目立つ。

後宮でも時たま宴などが催されるとはいえ、皇帝やその近侍《きんじ》の顔を間近に見ることができる者は少ない。とはいえ分かる者には分かるだろうし、気軽に噂になって良い方たちではないだろうに。

なのに、藍織は声を落とすことを思いついてはくれないらしい。後宮には似つかわしくない低い響きの嘲笑が、碧燿の背中に刺さった。

「卑《いや》しい者は誘惑に弱いものであろう。騒ぎ立てることか？」

読み終えたらしい藍織の手から書き付けを取り戻しながら、碧燿は指摘した。

「窃盗の罪は確かに裁かれて当然です。が、証拠もなしに断罪するのは不当でしょう」

充媛は九嬪《きゅうひん》の末席を占める正二品《せいにほん》の位階。その御方の持ち物を盗んだならば、死を賜っても文句は言えない。……そう思われるように、姜充媛だかその侍女だか調べた宦官だかは、彤史に記録させようとしたのだろう。

藍織も、ごく単純にそう解釈したようだけれど――

（宮女が盗んだとはひと言も書いていないじゃない。モノが何だか知らないけど、盗品を使うことなんてできない。後宮にいては売り払うこともできない。なのに、そんなことする……？）

宝物が失われた、ということは、まだ見つかってはいないのだ。つまりは、盗もうとした現場を押さえたとか宮女の持ち物に紛れていたとかいうことではないのだろう。

いったい何の根拠をもってその者を罰しようというのか、確かめないことには筆を持つことなどできはしない。

「管理していた責任というものもあるのでは？」

珀雅は、まだしも声を潜めて問いかけてくれた。目立たないため、というよりは義妹の耳元に囁きたかっただけではないか、という疑惑はさておき——碧燿はやはり、首を振る。

「であれば、そのように記録しなければなりません。宝物がなくなった、奴婢が罰せられる。ふたつの事柄は本来はまったくの別物ですのに」

話すうちに、彼女たちは後宮の薄暗い一角に辿り着いていた。

薄暗い、というのは物理的にほかの建物の陰になっているからだけではない。夏が近づく爽やかな季節だというのに、その一角だけは寒々とした気配が常に漂っている。

（まずは、捕らえられた宮女に経緯を聞かないとね）

淀んだ陰の気が吹き溜まるような——そこは、罪を犯した宮女や奴婢を閉じ込めるための獄舎《ごくしゃ》だった。

「——高貴な方の立ち入るところではありませんが、本当にいらっしゃるのですか？虫もネズミも出ますけれど？」

できれば、湿ってかび臭い獄を嫌ってついてこないで欲しい、と思ったのに。藍熾は相変わらず傲岸そのものの態度で嗤《わら》った。

「獄など慣れている」

そうして、彼が帝位を得た経緯も血腥《ちなまぐさ》いものだったと、碧燿に思い出させた。

＊＊＊

桃児《とうじ》なる宮女は、碧燿の姿を見るなり牢の奥の汚れた壁に張り付いた。彼女というか、後ろに引き連れた男ふたりを刑吏《けいり》と思ったのかもしれない。ただでさえやつれていた頬をさらに青褪めさせて、甲高い声で叫ぶ。

「私――殺されるのですか⁉」

「まだ分かりません。もしも罪がないなら、助けてあげたいとは思っています。私のもとに届いた情報は、どうにも少な過ぎるので」

こういう時、必ず助けるから真実を語って欲しいとか言えれば何かと滑らかに進むのだろう。

けれど、先に藍熾に述べた通り、罪は罪、罪人が裁かれるのは当然のことだと碧燿は考えている。自分自身に対しても、偽りを口にしてはならないと考えてしまうのは我ながら難儀な性格だと思う。

（弱い立場の者が罪を押し付けられることが多いのは、分かっているけれど、ね……）

「紛失された宝物とは何なのですか？　貴女に責任がある形でなくなったのですか？

ほかに触れたり――盗んだりできる余地があった者は？」

「なくなった、のは……玉を連ねた綬帯《じゅたい》です。緋色の絹に金銀の刺繍《ししゅう》を施して――真珠と青玉と瑪瑙《めのう》で飾って……充媛様のご自慢の品です。歩くたびに玉が触れ合って、奏でる音が楽のようで……」

綬帯とは、帯から提げる装飾品のことだ。侍女や宮女が纏うなら色とりどりの組紐を連ねるのが精いっぱいだろうが、さすが、妃嬪が身に着けるものとなるとものが違う。

（さぞ眩いのでしょうね……簪もほかの衣装も、相応に豪奢に装うのでしょうし）

牢の中、暗い視界に宝石の絢爛な輝きが閃いた気がして、碧燿はそっと瞬いた。そして、聴取を続ける。綬帯の様態こそ詳細に語ってくれたけれど、桃児は彼女の問いにほとんど答えてくれていないのだ。

「それで――その綬帯は、見つかってはいない、のですね？　ならばなぜ貴女が捕らえられたのでしょう」

「仕方のないことなのでしょう。あの……先日、姜充媛様が皇帝陛下の閨《ねや》に侍《はべ》ったので――」

これもまた、明瞭な答えとは言い難い。けれど、力なく俯く桃児は、言葉によらず彼女の置かれた状況を教えてくれているようだった。

（ほかの妃嬪からの嫌がらせ？　で、公《おおやけ》にはできないからとりあえず宮女を罰するということ？）

離れたところで見ているはずの藍熾を振り返ったりしないよう、碧燿は首のあたりに力を込めなければならなかった。精悍で、堂々とした——宦官にはとても見えない姿を隠すべく、殿方ふたりは離れたところ、檻の内側の桃児の視界には入らない場所に下がってもらっている。

それでも、視線が届かぬのを承知の上でも、碧燿の目には険が宿っていただろう。

（皇帝《あなた》がしっかりしていればこんなことにはならないのでは……？）

彤史のところに押しかけて、夜伽の記録を偽らせようとするのではなくて。

妃嬪の序列や力関係に気を遣って、嫉妬心や競争心を煽らぬように心を砕いて——なんて、ほんの少し接しただけでも藍熾に期待できないのは分かってしまう。

「ですから——私、充媛様をお恨みなどしません。絶対に、何も口にしませんから、命だけは、どうか……！」

「それでは真実を闇に葬ることになるではないですか。少し黙っていてください」

桃児からは、もはや有益な情報を聞き出せそうにないと断じて、碧燿はぴしゃりと言い渡した。哀れな宮女は、媚びるような縋るような弱々しい笑みを凍り付かせたけれど、構ってはいられない。

この分では、姜充媛も綬帯を捜したり犯人を突き止めたりする気はないのだろう。

ならば次はどこから探るべきか、碧燿は考えるのに忙しかった。

(芳林殿を訪ねた妃嬪を洗い出せば容疑者は絞れる？　でも、綬帯はそれなりにかさ張るはずで——裙《スカート》の中に隠すなんてできる？　音も鳴るのに？)

では——盗んだ上で、どこかに隠しておく、か。

芳林殿からさほど離れていない、庭園なり四阿《あずまや》なり。あまり近いと、姜充媛が捜し出してしまう。落としどころになりそうな場所は、と。

後宮の地図を頭に浮かび上がらせた時——

「あ」

碧燿は、思わず吐息のような声を漏らしていた。それを聞き咎めて、珀雅が音もなく傍に寄ってくる。陰から現れた美丈夫を前に、桃児がひゃっ、と悲鳴とも歓声ともつかない声を上げる。

もっとも、囚われの宮女には目もくれず、珀雅が覗き込むのは碧燿だけだ。

「どうした、碧燿？　何か気付いたのか？」

「ええ。義兄様がいてくれて、良かった」

「……どういう意味かな？」

つい先ほどまでは、皇帝《じゃまもの》を連れて来てくれた面倒さ鬱陶しさを隠していなかった碧燿である。曇りないにこやかな笑みを向けると、珀雅は少し頬を強張らせた。

　さすが、義妹の性格をよく知るだけあって、嫌な予感を覚えたのだろう。正解である。良い義兄に恵まれた喜びに、碧燿は笑みを深めた。そして、告げる。

「姜充媛の綬帯の在り処が分かったと思います。取って来てください」

＊　＊　＊

　桃児が入れられた獄から出ると、初夏の日差しが眩く、空の青が目に染みるようだった。

　閃きを得た勢いのまま、男装の身軽さに任せて後宮の回廊を突き進む碧燿の後を、相変わらず藍熾と珀雅がついてくる。というか、珀雅については頼みごとがあるからと義妹に引き回されている、と言ったほうが良いかもしれない。

「……本気か？」

　目的の場所に辿り着くと、珀雅は頼みごとの詳細を聞いて、再び顔を引き攣らせた。

「ええ、本気です」

　けれど、碧燿のたってのお願いに、折れた。持つべきものは義妹に甘い義兄である。

　碧燿のお願いを叶えている真っ最中の珀雅を見上げて、藍熾がぽつりと漏らした。

「珀雅は我が近侍《きんじ》だぞ」

「存じております」

皇帝の側近に一体何をさせているのか、という呆れと非難のこもった感想を、碧燿は肩を竦めて受け流す。

ふたりの視線の先では、珀雅が楼閣《ろうかく》の外壁に取り付いてよじ登っていた。後宮の建物には手入れが行き届いていないものも多く、けっこう凹凸《おうとつ》があるのだ。彼が裾長く袖のゆったりとした袍ではなく、動きやすい胡服《こふく》を着てくれていて本当に助かった。

「宦官に頼むのもなかなか手間なのです。危険な仕事は嫌がられますし。その点、義兄《あに》なら間違いございません」

藍熾が真実に頓着しないのは、如何《いか》ようにも握りつぶせる皇帝だから、だろう。

一方で、宦官たちが碧燿に協力したがらないのは、彼らの立場の弱さゆえ、妃嬪の機嫌を損ねれば簡単に命を奪われかねないからだ。余計なことを掘り起こすな、と。時にはっきりと、時に態度で言われるものだ。

（だから、義兄様はいてくれて良かった、んだけど……）

珀雅は、余計なお荷物《おにもつ》も連れてきた。その皇帝はいまだ碧燿の隣にいて、しかもなぜかふたりきりになってしまっている。

「……お暇なのですか？」

沈黙に耐えかねて、そして、政務は良いんですか、との意味を込めて尋ねると、藍熾の口元が少し緩んだ。

「珀雅が鳥に突《つつ》かれる場面などそうそうない。どうして見逃せようか」

楼閣の最上層、反り返った屋根のすぐ下まで辿り着いた珀雅は、今まさに宮鴉《きゅうあ》――後宮に棲む鴉《カラス》――の翼と爪と嘴《くちばし》に襲われているところだった。

「こら、この……っ」

珀雅の罵声をかき消すように、があがあと耳障りな鳴き声が響き、碧燿たちの目の前にも黒い羽根が降り注ぐ。この楼閣の軒先に鴉が巣を作っているのは、春先に記録したことで記憶していた。

大げさに宮鴉などと呼ばれてはいても、鴉は鴉だ。見た目は悪いし鳴き声もうるさい。そして賢く執念深い。何度巣を撤去されても懲《こ》りずに再建し、人間のほうが諦めるくらいには。

（今は雛がいるはずだから、怒りも激しいでしょうしね……）

碧燿が見上げた先では、珀雅が頭を狙う鴉を追い払ったところだった。片手で危なげなく壁に取り付いているのは日ごろの鍛錬の賜物だろう。

（頑張ってね、義兄様）

碧燿は、心の中で珀雅に声援を送るのに専念したかった——というか、なるべく藍熾と口を利きたくなかったのだけれど。

「お前の考えもまだ量り切れていないしな。なぜ、鴉なのだ？」

試す目で問われると、黙っているわけにもいかなかった。何しろ皇帝陛下のご下問だから、渋々ながら口を開く。

「姜充媛の綬帯を盗んだ者がいるとして——自身の住まいまで持ち帰ることはしないでしょう。充媛のものと知られた品ですから、身に着けることはできないし、解体して売り払うにも後宮に閉じ込められていては伝手はない。そもそも、密かに隠し持つにも難儀するでしょう」

分かり切ったことを説明するのは面倒だった。けれど、藍熾はどうも後宮の妃嬪の暮らしに疎いのではないかという気がしてならなかったから、碧燿は懇切丁寧に思考の過程を並べる。

「だから、目的は品物ではなく、単に姜充媛を傷心させることだった。……犯人は芳林殿を辞してすぐに、その辺に投げ捨てたのではないでしょうか」

「その辺……」

「といっても、人目につかないような茂みの中とか、多少は土に埋めたりとかしたのかもしれません。でも、人でないモノには簡単に見つかるような場所だったのでは、と」

鴉は、光る物を集める習性がある。玉を連ねた豪奢な綬帯を見つけて、さぞ喜んだのではないだろうか。翼ある鳥に持ち去られたなら、人の目には消えた、としか言えない事態にもなるだろう。

「……だが、持ち去ったのが鴉とは限るまい。ほかの鳥や獣、後先考えぬ人間かもしれぬ」

もちろん、眉を寄せた藍熾の疑問ももっともなこと。後宮の広大な庭園に生息する鳥獣はけっこう多いし、人もしばしば愚かな理不尽をしでかしてしまうもの。ただ、それに対しても碧燿は一応の答えがあった。

「それは――」

けれど、それを口にする前に、高みから降る眩い輝きが碧燿の目を射《い》った。楼閣の上階にて、鴉に突《つつ》かれながら、珀雅が誇らしげに片腕を掲げている。そこには、絢爛な光を放つ帯状のものがしっかりと握られていた。

無事に地上に戻った珀雅が手にしていたのは、桃児が語った通りの綬帯だった。緋色の絹を彩る金銀の刺繡、さらには金鎖《きんさ》銀鎖《ぎんさ》で青や赤の宝玉や、粒ぞろいの真珠が連ねられている。鴉についばまれたのだろう、多少のほつれや、宝玉が欠けたと思しき部分もあるけれど、ともあれ失われた宝物が見つかったのだ。

「鳳凰の正体も、これで知れましたでしょう」

「何……？」

碧耀が改めて言うと、藍熾が怪訝そうに眉を寄せた。傲慢な男が話についてこられていないのを見て取って、彼女の口元は緩む。

「鳳凰を見たとの証言は、雲霄殿《うんしょうでん》や瑞峰殿《ずいほうでん》――姜充媛の芳林殿と、この楼閣を直線で結ぶ線上から出ていたのです。この綬帯を咥《くわ》えた鴉――遠目の逆光なら、眩い羽の鳳凰にも見えるのではないでしょうか」

「……愚かなことだが、無知な女ならあり得るのかもしれぬな」

藍熾にとっては、たぶん碧耀も愚かな女のひとりであって、その言い分を認めるのはたいへんに不本意なことのようだった。けれど、日の光のもとでの宝玉の輝きを前に、否定することもできないのだろう。

これが空にあった時にどれほど眩しく不可思議に見えるか――それこそ特に愚かでなければ、容易に想像できるというものだ。

「些事をこと細かに記録するのにも、それなりに益がございますでしょう」

先に彤史の職務を軽んじられた言葉を借りてあて擦ると、藍熾は不快げかつ獰猛《どうもう》な表情を見せた。深い青の目と、碧玉《へきぎょく》の目が、またも睨み合おうとしたところで、珀雅が宥めにかかる。

「ま、これでお前も気が済んだのか？　鴉の仕業と分かれば、あの宮女も助かるな？」

鴉の嘴で髪を乱した珀雅は、常の貴公子ぶりも見る影がない、気の毒な姿だった。無茶をねだった義妹としては、丁重に礼をしてねぎらうべきところだろう。──でも、それもすべてが終わってからのことだ。碧燿は頑固に、そしてはっきりと首を振った。

「その点は良かったですが、まだ気は済んでおりません。そもそも綬帯を盗んだ犯人が判明していないではないですか」

＊　＊　＊

夜伽をしたことがある姜充媛と、藍熾を会わせることはできない。わざわざ下級官に変装した以上、「皇帝陛下」は極秘の用件で碧燿を訪ねたのだろうから。さらには、五体満足な男である珀雅も、無闇に後宮をうろつくべきではない。

よって、綬帯を携えた碧燿は、単身で芳林殿に赴いた。

獄に踏み入ったことで衣装は多少汚れているものの、彤史に見た目の良さは求められていないから構うまい。

それよりも早く報告したかったし、殿舎を訪ねた中にいるはずの、綬帯を盗んだ容疑者について尋ねたかった。

けれど――

「わたくし、綬帯《これ》を窓辺に置きっぱなしにしていたようね。鴉は図々しいもの、忍び込んで咥えていってしまったのでしょう」

美しい容姿を美しく飾り立てた姜充媛は、それこそ玉を触れ合わせたような玲瓏《れいろう》たる声でそう言って、碧燿の眉を顰めさせた。

「絹も真珠も日光に弱いでしょう。大事なお品に、そのような雑な扱いを？」

「たまたまよ。わたくしの迂闊だったの」

桃児だけでなく、その主も何かを恐れているかのようだった。姜充媛の美貌はなぜか強張り、玉の声もか細く震えているのだから。

「犯人を突き止めれば、相応の罰がございましょう。報復を恐れていらっしゃるのでしょうが、此度のことがあった上でなら、その御方の立場がさらに悪くなるだけ。何を躊躇うことがございます？」

姜充媛は、真実を明るみに出すのを恐れているとしか思えなかった。ここで退《しりぞ》けば、さらに相手は増長するのだろうに。耐えていても良いことはないと、分かり切っているだろうに。

「私がうるさく聞いたから、ということになさいませ。勝手に調べ回ったのだと。そうすれば遺恨は私に向かいましょう。充媛様は手がかりをくださるだけで――」

「お黙りなさい。彤史風情に何ができるというの。余計な真似はしないでちょうだい」

震えてはいても鋭い声で言い放つと、姜充媛はふいとそっぽを向いてしまった。その青褪めた横顔からは何も聞き出すことはできないと、悟るのに十分な頑なさだった。

二章　大罪の貴妃《きひ》

姜　充媛《きょうじゅうえん》の綬帯《じゅたい》の顛末を、碧燿《へきよう》は次のように記録した。

芳林殿《ほうりんでん》にて姜充媛の宝物が失われる。其実《じつは》、宮鴉《きゅうあ》に攫われたもの也《なり》。過日の鳳凰《ほうおう》は玉を帯びた鴉と推し量るべし。

報復を恐れる充媛を、彼女では説得することができなかったのだ。曖昧な理屈で宮女に罪を押し付けた最初の記述に比べれば、いくらかマシではあるだろう。桃児《とうじ》も無事に獄から出され、主のもとに戻ったという。

(でも、完全な真実ではない……)

苦い思いを噛み締めて、碧燿は筆を置いた。彤史《どうし》に登用されるからには、彼女の手跡は端整なものだ。けれど、今は悔しさゆえの歪みが止めや跳ねに出てはいないだろうか。

姜充媛は、大事な綬帯をうっかり鴉に攫われるような場所に置いていた。つまりは、決して盗難事件などではなかった。夏天《かてん》の後宮における真実は、そのように記録されてしまったのだ。

「少なくとも、貴女の働きによって宮女がひとり救われたのよ。……私も、妃嬪《ひひん》がたの動きには気を配っておきましょう」

「……はい、何司令《かしれい》」

上司は慰めてくれたし、何司令の言葉は頼もしくはあったけれど。碧燿の胸にわだかまるもやもやは、完全には消えてくれなかった。

そして、綬帯の事件の翌日――なぜかまたも後宮に押しかけた珀雅《はくが》は、強情な義妹を宥めるように苦笑していた。

「――とはいえ、私としてはお前が恨まれるようなことにならなくて良かったと思っているよ」

「覚悟の上です。真実を求める者は疎まれるものでしょう」

若く、しかも見目良い男の癖に後宮に入ることを許されているのは、それだけ皇帝の信認が篤《あつ》いからだろう。それ自体は、実家である巫馬《ふば》家にとっては良いことだ。問題は――

（なぜ、またいるのです？）

碧燿が、その名と同じ色の目でじっとりと睨んだ先には、藍熾《らんし》がいた。今日は下級官の扮装をやめて、貴色の黄の袍《ほう》を纏っている。施された刺繍の龍は五爪《ごそう》、堂々たる皇帝としての出で立ちだった。

碧燿の仕事部屋は狭いし散らかっているし、ろくな茶器もないというのに、とてももったいない——そして面倒くさい存在である。

（私はこんな格好なのに）

麻地の袍を指先で繰りながら、碧燿は溜息を堪えた。皇帝が後宮で目にすべきは、どう考えてもこんな色気も飾り気もない、男装の小娘ではないはずだ。

（陛下のお召しを待って、着飾っている方々も多いのですよ？）

碧燿の胡乱な目に応じて、藍熾はゆったりと口を開いた。座れば良い、というだけの簡素な椅子に掛けていながらも王者の風格が漂うのはさすが、と言って良いのかどうか。

「今日は珀雅と過ごしている、ということになっている。偽りではないゆえ不満はあるまい」

「……卑賤の身の心中を慮《おもんぱか》っていただけるとは、過分の光栄でございます」

お前の流儀に合わせてやった、と言わんばかりの恩着せがましい言い分に、碧燿の声の温度は氷のように冷えた。

藍熾が仄《ほの》めかしたのは、皇帝その人の動向と、後宮の人の出入りは別個に記録される、ということだ。

皇帝は、護衛の巫馬将軍――将軍なのだ、珀雅は――を格別の寵遇でもって後宮に招いて歓談する。将軍は、許しを得て義妹――つまり碧燿だ――に面会する。そのように記録されて、両者を結び付ける記述はなされないだろう。

（欺瞞で詭弁で、詐欺同然……！）

配慮なんてとんでもない、碧燿の――彤史の矜持を踏み躙《にじ》る論法だった。

しかも、ひと言だけ述べた後、藍熾は黙して碧燿と珀雅を見比べている。深い青の目が静かに動く様は、鳥籠や金魚の鉢を眺める時のそれで。

（どうせ珍獣ですよ。変わった生態だと思ってご覧になれば良い）

これはもう好きにやってみろ、ということだな、と判じて、碧燿は仕方なく義兄に向かって口を開く。

「……忖度で記録が捻じ曲げられると思われれば、誰も真実を語ってはくれません。誰にどう思われようと――いえ、うるさいと思われるからこそ、私の行動には意味があるのです。何者にも与《くみ》せず屈せず、真実だけにこだわる姿を見せなければ、信じてもらえないではありませんか」

「諫議大夫《かんぎだいふ》のような心持ちだ。お前に必要なことではないと、私も父上も考えている」

義父や義兄との間で、何度も繰り返したやり取りだ。彼らは、碧耀には普通に着飾って後宮で咲き誇って欲しかったのだ。

実のところ、義父たちは彼女が彤史になることを承知してはいなかった。既成事実で諦めていただいていたことを、わざわざ蒸し返すのは——聞かせたい者がいるからとしか、考えられない。

（主君を諫めるなら、自分で言って欲しいのですが？）

珀雅は、このやり取りを藍熾に聞かせようとしているのだ。義兄を少しは見直しても良いような、義妹をダシにするのは迷惑なような。

（まあ、私にとっても良い機会かも……？）

義兄を軽く睨んでから、碧耀は言いたいことを言うことにした。皇帝がすぐ目の前にいるなど、滅多にないことなのだから。この際、後宮がどのようなところなのか、皇帝に何が期待されているのか、僭越《せんえつ》ながら教えて差し上げることにしよう。

「……後宮は豪奢な鳥籠ですから。身分や美醜や寵の有無を問わず、死ななければ出られないという点では皆同じ。ほとんどはろくに顔も見たこともない皇帝陛下のために、若さも美貌も人生も虚しく朽ちさせるのです。愛でられるだけ、鳥や金魚のほうがマシでさえあるかもしれない」

　夏天の全土から美女を集めておいて、その多くを捨て置くのが後宮という機構だ。稀に恩寵として一部を故郷に返す措置が取られることもあるけれど、藍熾が思いつくことがあるかどうか。

　碧燿が多く接する奴婢《ぬひ》に至っては、焼き印を押された罪人の妻子が、官奴《かんど》として収められた者も多い。上辺の美しさとは裏腹に、後宮《ここ》には悲嘆も怨嗟《えんさ》も渦巻いている。

「溜まった鬱屈が良からぬ形で発露するのも当然のことでしょう。誰もが自分や、自分の主のことしか考えていないのです。ひとりくらいは、ほかのこと――真実を追い求めても良いのではないかと存じます。そうあるべきだと、信じております」

　途中から、碧燿の目はしっかりと藍熾を捉えていた。義兄との会話という体裁で、皇帝への諫言を行ったのだ。不興を被っても構わない、という気分だった。そもそも初対面の時から、彼女はこの皇帝に気に入られる要素が何ひとつないのだから。それに――

「もちろん、本来ならば至尊の皇帝陛下にこそ、真実を重んじていただきたいものなのですが。……あくまでも私に偽りを記せ、との仰せでしょうか……？」

　藍熾が性懲りもなく押しかけたのは、昨日の命令を改めて強いるためだろう。妃嬪の夜伽の記録を偽れ、というやつだ。

彤史としても、碧燿自身としても、決して受け入れられないのはこれで分かってくれただろうか。従うくらいなら死んだ方がマシだ、と。

（では死ね、と言われるかしら……？）

巫馬家への配慮はともかくとして、この男にとって碧燿の命の価値はごく軽いだろう。怒声を覚悟して、碧燿は意識して腹に力を込め、背筋を正した。けれど——

「いいや。それはもう良い」

藍熾は感情のない平坦な声であっさりと告げ、首を振った。

「え」

そして、碧燿が目を見開いたのを見て初めて、ほんのわずか口元を緩ませる。気に入らない女を驚かせたのが愉快だったとでも言うかのように。いや、本当に驚かせるのはこれから、だったのだろうか。

「代わりにお前に命じることがある」

対峙する深い青の目に映った碧燿は、ものすごく嫌そうに顔を顰めていた。それを見た藍熾は、愉《たの》しげに喉を鳴らして笑う。してやったりとでも、言いたげだった。

藍熾は、ごく簡単なひと言ふた言で人払いを命じた。碧燿の——彤史の手狭な仕事部屋に押しかけたのはこのためでもあったのだと、彼女は今さらながらに悟った。

（こんなところで盗み聞きしようとしたら、とても目立つものね……）

仮に、皇帝の本来の居所に彼女が召されていたら、給仕の侍女やら警備の宦官やら、多くの人間が出入りする中で話をすることになっていただろう。この皇帝は、傲慢なだけでなく、なかなか狡猾《こうかつ》でもあるらしい。

「手短に事情を伝える。まず、お前に記録の捏造《ねつぞう》を命じた理由だが――」

彤史である碧燿にとっては死に値する重罪、皇帝としても人の耳を憚る秘密なのだろうに、藍熾の声は朗々とよく響く。碧燿としては、珀雅が常になく真剣な面持ちで黙していているのに気付いてしまったから、何を言われるかと気が気ではない。

（どうせろくでもないことよ。それだけ分かっていれば十分）

そう、自分に言い聞かせて。何を言われても驚きも激昂もすまい、と碧燿は身構えていた。けれど――

「懐妊した妃がいる。が、俺には覚えがない」

「はい？」

「ゆえに、後付けで進御《しんぎょ》の記録を作って辻褄を合わせようとしたのだ」

「……お待ちください」

想像を超えるろくでもなさに、碧燿は無作法にも皇帝の言葉を遮っていた。できれば聞き間違いか思い違いであってほしいと願いながら、恐る恐る聞き直す。

「それは——不義密通、というやつでは？」

「ほかに何がある？」

藍熾はおかしなことを言うな、と言いたげに目を細めた。どう考えても、おかしなことを言っているのは彼のほうだというのに！

(子供のでき方を知らない、なんてことはない、でしょうね……⁉)

姜充媛を始め、夜伽に召された妃嬪は確かにいるのだから。でも、それならこの男はどうしてこうも冷静を保っているのか。

どこからどうおかしさを訴えれば良いか分からなくて、碧燿は意味もなくわたわたと両手を空に浮かせた。

「……であれば、記録を気になさる場合ではないかと存じます！　捏造の罪はこの際関係ございません！　皇統《こうとう》に関わる大罪ではないですか⁉　どうして、その御方を糺《ただ》すこともなさらずに、私などに——」

「俺が寝取られたなどと、公《おおやけ》にできるものか」

藍熾の声は、彼の目の色と同じく醒《さ》めた、沈み込むような調子だった。声が大きいと、咎められたわけではないけれど——覚悟に反して狼狽を見せてしまったことを恥じて、碧燿は口を噤《つぐ》んだ。

「胎《はら》の子も堕胎させるから問題はない。記録の上で体裁を整えさえすれば」

「問題ない、はずはないと存じますが⁉」

　後宮に、皇帝以外の男が忍び込む余地があるということ。それも、今の珀雅のように特別に許可を得るのではなく、妃嬪と密かに情を通じるために。

　皇帝の貞節な妻であるべき女性がほかの男に心を移し、あまつさえ夫以外の子を懐妊したということ。

（公《おおやけ》にしないのは──確かに、皇帝の権威とかがあるのかもしれないけど！）

　藍熾はもっと慌てるべきだ。忍び込むのは間男だけでなく暗殺者かもしれないし、お手付きでない妃だったから発覚したものの、そうでない場合は誰とも知れない男の子が帝位を継いでいた可能性さえある。

（大問題……ですよね⁉）

　助けを求めて珀雅に目を向ければ、麗《うるわ》しの義兄は小さく肩を竦めてみせた。たぶん、彼やほかの側近も、碧燿の頭に渦巻いたようなことはすでに何度も訴えたのだ。その上で皇帝が聞き入れなかったから、今のこの場があるというわけだ。

（聞き入れないのは──この男が愚かだから？　醜聞が、そこまで嫌だから？）

　君主の器を推し量ろうとする、無礼な視線は気に留めないのか、それとも気付いてさえいないのか。藍熾は表情を変えないまま軽く首を傾げた。

「母子ともに死を賜るほうがお前の好みか？　母親だけでも助命するほうが慈悲とい

うものではないのか？　お前は宮女にさえやけに優しかったが」

「私は……真実を記さねばなりません」

碧燿の答えがやや弱い調子になったのは、生まれてもいない赤子やその母親が死ぬことに思いを馳せたからだけではなかった。罪人が相応の罪を賜ることは、痛ましくとも仕方のないことだ。

ただ——藍熾の冷ややかな声と眼差しの裏に潜むものが、垣間見えた気がしたのだ。

（この人、そのお妃が好きなんじゃ……？）

不義を犯され、裏切られてもなお、殺すことなど考えられないほどに。彤史風情に直々に声をかけてまで、庇おうとするほどに。

碧燿の考え過ぎかもしれないし、たとえ当たっていたとしても、とてつもなく傲慢で尊大で居丈高な男は、もちろんそんな内心を明かすことなどないだろうけれど。

「お前に偽りを記せとはもう言わぬ。その女はしばらく病に伏せったことにでもする。その間に処置すれば済むことであった」

「そのような……」

生まれる前に殺される子と、その母への哀れみ。そして、罪と真実が記されないことへの憤りによって、碧燿は眉を顰めた。

（結局、彤史の使命を分かってはくださらないんだ……）

長々と語ったことが伝わらなかった失望を感じながら、碧燿はそれでも抗議した。

「偽りを記すのが私でなければ良い、というものではございません」

「分かっている」

どこまでも傲慢に頷いた藍熾が、何を分かっているのかは知れたものではなかった。ともあれ、ようやく本題に入ってくれるらしい。

「お前の大好きな真実を探る機会をやる、と言っているのだ」

この流れで探るべき真実と言えば、ひとつしかないだろう。碧燿は即座に問い返す。

「不義の、お相手でしょうか」

「そうだ。口を割らぬならそのままでも良いかと思っていたが、分かるなら分かったほうが良いのだろうからな」

妃との姦通もまた大罪であって、その男は草の根分けてでも捜し出し、この上なく残酷なやり方で死を賜るべきだ。それをしなくても良いと、藍熾が考えていたようなのは——

（やっぱり、愛する人だから？　相手を殺したら悲しむとでも？）

碧燿の想像に過ぎないことで、かつ、彼女が気にする必要がないことでもある。彼女の務めは真実を記すことであって。その結果何が起きるかまでは、管轄にない。……その、はずだ。

「巫馬家の娘なら不足はあるまい。件《くだん》の妃に侍女として仕えよ。そして、探れ」

「私は、侍女として後宮に上がったのではございません」

今のまま、藍織が言うところの些事の記録に専念させて欲しい。無駄とは知りながら一応言ってみると、案の定、皇帝は拒絶されたことに気付いてくれなかった。

「ならば、その妃付きの彤史ということにするか。俺はどちらでも良い」

「どちらかにしなければならないのですね……？」

それ以外の答えをまったく考えていないようなのは、さすが、命じることに慣れているだけのことはある。堂に入った暴君ぶりには、いっそ苦笑してしまう。

（何司令に言いつけたら、何とかなるかしら……？）

長年にわたって後宮に仕えた老女官なら、皇帝も少しは遠慮してくれないだろうか、ともちらりと思う。でも、藍織のこの傲慢さからすれば、期待できそうにない。

（じゃあ――表向きは従っておいたほうが得、かな？）

一瞬のうちに計算を巡らせると、碧燿は椅子から下りて跪き、恭《うやうや》しく揖礼《ゆうれい》した。

「ならば、彤史としてその御方のお傍に控えることにいたします。ご命令も、承知いたしました」

「うむ」

満足げに頷いた藍織は、碧燿の言い回しの巧妙さに気付いていないようだった。

たった一日仕事を見たくらいでは、彼女の本質など把握し切れていないのだろう。

（彤史の務めは真実を記すことと、申しましたからね？）

その役目を帯びて仕えるということは、つまりはそういうことだ。

碧燿は、何としてでも調べ上げたことを記録しよう。そのつもりで、臨んでやる。

真実の一端だけを探れ、なんていう命令に、彼女が喜んで従うはずはないのだ。

＊　＊　＊

碧燿が妃嬪付きの彤史に抜擢された、という一報は、すぐに実家に届けられたらしかった。というか、珀雅が張り切って伝えたのだろう。

翌日——もはや当然のような顔で後宮に現れた彼は、女ものの衣装と装飾品と化粧品の一式を携えていた。

（女の格好をするのは、久しぶり……）

義父が見立てたであろう衣装は、碧燿の容姿を引き立てることをよく考えているようだった。

花咲くような薄桃色の衫《ブラウス》は、彼女の碧《みどり》の目に。萌葱《もえぎ》色の裙《スカート》は、燿《かがや》き燃える色の髪によく映える。

(彤史の仕事は変わらないのに。墨で汚れたらもったいない……)

でも、そういえば。妃嬪の御前に出るのにすっぴんの男装では憚りがあるかもしれない。義父と義兄は、ここぞとばかりに自家の娘を飾り立てることにしたようだった。

「手伝うかい？」

「いりません」

無邪気に綺麗な笑みを見せる義兄にぴしゃりと言って、碧燿は衣装を抱えて衝立の陰に回り込んだ。裸を見せるのは論外だけど、それでも兄妹だけに気兼ねはないから、さっさと帯に手をかけた。

「義兄様《にいさま》は──というか義父様《とうさま》も、予想通り、なのですよね？」

しゅるり、と。纏っていた衣が床に落ちる滑らかな音を聞きながら、衝立の向こうに問いかける。

「此度のことについては、頭を悩ませる方も多いことでしょう。私のこの性格なら、詳細を調べることになるだろうと期待されていたのでは？　不義を犯した妃が罰を受けないままでは収まりがつかないでしょうし、廃するならば後釜が必要で、自家の娘を推せるように陛下と面識を得ておく──ひとつの石で、どれだけの獲物を仕留めるおつもりですか？」

口と同時に手を動かして、碧燿は実家から送られた衣装を纏っていく。墨の汚れがつきものの仕事ゆえ、日ごろは麻の服を着ていたから、絹のひんやりとした肌触りもまた、久しぶりのものだった。

「大事なことを漏らしている。お前に幸せになって欲しいのだよ。彤史の役が悪いとは言わないが、お前のやり方では危う過ぎる」

碧燿が列挙した推測を、珀雅は否定しなかった。彼女の幸せ云々とかいう戯言よりも、そちらのほうがよほど重要だった。

（皇帝は、やはりそのお妃を庇うおつもりみたい？　そして、義父様たちには、それがご不満なのね。確かに感心できることではないけれど、代わりに私を妃にしようとしているなら大問題……！）

巫馬家に、養女を妃嬪の一角に押し込むだけの力があるのは、事実ではある。けれど、育てられた恩があるのは重々承知の上で、それは碧燿の望まぬ道だった。だからさっさと後宮の文書を司る尚書司《しょうしょし》に掛け合って、彤史の役を得た。彼女の実の父の名を出したところ、何司令はたいそう感激して、即座に採用してくれたのだ。以来、碧燿はたいへん充実した日々を過ごしている。

「私はすでにこの上なく幸せですよ。昨日も申しましたが、真実を求めるものは疎まれるのが当然、むしろ本望というものです」

そう言った時には、碧燿はほとんど着替えを終えていた。

最近の流行りに反して、衫《ブラウス》の襟《えり》は首元まで隠す交領《あわせ》になっている。胸元を露出しない意匠を選んだ辺り、義父は碧燿のことをよく分かってくれている。

娘想いであるからといって、義父たちが陰謀と無縁であるわけでもないだろうから、厄介なのだけれど。

「それに――皇帝陛下の御心は、ひとりの方が占めているのでは？　可愛げのない小娘など見向きもされないでしょう」

珀雅がいるうちに、実家の思惑と皇帝を巡る現状をもう少し探っておこうと、碧燿は続けた。

「それとも、邪魔者を追い落とせとのお考えですか？　逆効果になりそうですけど」

藍熾は、不義を犯した妃を不問に付す考えらしい。皇帝にはあるまじき優しさ、というよりももはや甘さは、その女性への格別の想いを表すとしか思えない。

ならば、碧燿が真実を暴いたところで、藍熾は喜ばないだろう。

「余計なことを、と思われても知りませんよ？」

皇帝の不興を買ったところで、碧燿はまったく構わない。

けれど、義父たちはそうではないだろう、と。言外の問いかけは、衝立の向こうの珀雅にしっかりと伝わったらしい。軽やかな笑い声が返ってきた。

「陛下は、白鷺貴妃《はくろきひ》を女性としては愛していらっしゃらない。お前が気付かぬのは意外なことだが、庇うだけなら改めて夜伽を申し付ければ済むことだ。そして流産したことにすれば、時期のずれが問題になることもない」

「それは――そう、でした」

　言われてみればその通り。皇帝の閨に侍ったという事実があれば、世間的にはその妃の子の父親は皇帝だ、ということになる。記録を偽る必要もない。

（……あれ、じゃあどうして……？）

　何だか無駄なことに巻き込まれた気がして、碧燿の頭を目眩のような混乱が襲った。それに、義兄は今、聞き捨てならない名を挙げた。

「……懐妊したというのは、白鷺家の姫君でしたか……」

　ここに至って初めて件の妃の名と位階を聞いて、碧燿は呻いた。四夫人《よんふじん》の筆頭、皇后が冊立《さくりつ》されていない現在の後宮で、最高位の女性――そして、その姓は、皇帝即位に大いに貢献した重臣の家のもの。例の賞花の宴でも、皇帝の隣に席を占めていた御方でもあるだろう。

（それは、義父様も気が気じゃないでしょうね……）

　皇帝が公《おおやけ》にしたがらないのも、義父たちが口出ししたがるのも、相応の理由があったらしい。思い至らなかったのは、とても迂闊なことだった。

　頭を抱える碧燿の耳に、衣擦れの音が届く。珀雅が、立ち上がったらしい。

「誰に仕えるかを聞かなかったのも、お前らしくない。……貴人の去就はお前の関心の外なのだな」

「私、は――」

そう、確かに。投獄された桃児のためには即座に駆け出したのに、不義を犯した妃については碧燿の心の動きは鈍かった、かもしれない。

(宮女の罪は、多くは冤罪《えんざい》で……一方で、妃のほうは、不義の証拠があるから……?)

だから同情しなかったのだろうか。ううん、情状酌量の余地があるかどうかは、真実の記録には関係ないのだけれど。

言い淀み、自らを振り返って思い悩む碧燿の視界の端に、影が落ちた。珀雅が、長身を活かして衝立の上から覗き込んできたのだ。

「そろそろ着替えたか？　髪を結うのはさすがに手伝いがいるだろう？」

着替え終わっていたから良いとはいえ、返事を聞く前に覗き込むのはたいへんな無作法である。義兄の爽やかな笑顔を、碧燿は披帛《ひれ》でぶん殴った。

「ああ、やはりよく似合っている。まったく、素材は良いのに……」

もちろん、薄絹で叩かれたところで、鍛えた武人には痛くもかゆくもないのだろう。

珀雅は余裕ある笑みのまま、碧燿を鏡台の前に座らせ、彼女の赤い髪を梳き始めた。

適当に結ったり編んだりしていただけの髪が、艶を増していく。碧燿の名前の通り、波打つ赤が、燿《かが》やく炎にも見えるほどに。その手つきはやけに迷いなく滑らかで、碧燿に不審を抱かせる。

「義兄様、手慣れていませんか？　武官なのに……」

「お前を可愛くしてやりたくて、練習したんだよ」

「どうせ妓楼《ぎろう》とかで覚えられたのですよね？」

珀雅の答えは、戯言としか思えなかったから、碧燿は会話を放棄した。黙って白粉《おしろい》を肌に広げながら、思い浮かべるのは夏天の最近の歴史。藍熾の即位までの経緯だった。

数年前まで、夏天を支配していたのは先の太皇太后《たいこうたいごう》——三代前の皇帝の皇后だった。夫君亡き後、病弱な幼帝に代わって、垂簾《すいれん》越しに政務を行う、との口実を信じていた者はどれだけいただろう。その女の夫君からして若くして病に倒れ、皇族でもない皇后に頼りきりの有り様だったというのに。ようやく成人した幼帝も、後継となる男児を儲けた直後に同じく病死したというのに。

その女の治世は、実に三十年にわたった。親族やおもねる者に官位や封土《ほうど》をばら撒き、民に重税を強いて遊興に耽《ふけ》る様は、その女こそが皇帝であるかのようだった。諫言する者が次々に死を賜る中では、新たに皇帝に立てられた赤子が成人すれば、太皇太后も権力を手放して退《しりぞ》くはず、という希望さえ儚《はかな》いものだった。

だって、垂簾《すいれん》の奥に座るのは、とうに太皇太后だけになっていたのだから。正統なる皇帝が成長し、やがて自身を糾弾するのを、その女が許すはずはなかった。

一度我が子を殺したその女は、孫を都合良く躾けるよりは、最初から名前だけ利用するほうが早い、と考えたのだろう。その子にとっては、太皇太后は祖母である前に父の仇なのだから。

(ましてやただの皇族は、容赦されはしなかった……)

太皇太后を脅かし得る有力な諸王は、ささいなことで罪に陥れられた。言いがかりのような口実で兵を奪われ封土を追われ、挙句に死を賜ることさえある――藍熾も、そのような皇族のひとりだった。

若く血筋正しい彼は、太皇太后からは警戒を、臣下からは希望を集めた。そして、数年にわたる戦乱を収めて、ついに空になっていた玉座に上ったのだ。巫馬家の、というか珀雅の栄達も、その時の功績によるものだ。

碧燿の髪に触れるその手で、珀雅は人を殺めたこともあるはずだ。太皇太后との戦いに際して自家以上の功績を挙げた白鷺家に、思うところもあるだろう。

けれど、鏡越しに見る義兄の表情は穏やかで、鼻歌でも唄い出しそうな様子だった。義妹の面倒を見るのがそんなに愉しいのだろうか。

「――白鷺家は、真っ先に陛下のために立った。陛下はかの家に匿われていたこともおありなくらいだから、貴妃様とは幼馴染というやつで……姉君のように思っておいでのようだ」

「だから閨に召すのは思いもよらない、と……？」

珀雅は麗しい貴公子だが、碧燿がときめくことはない。珀雅だって、碧燿の髪を梳《す》く手つきは丁寧であっても色気はない。血は繋がらずとも、互いに兄妹だと思っているからだ。

皇帝と白鷺貴妃もそういう間柄だというなら、まあ分からなくもない。実際、珀雅が頷く気配が背後から伝わってくる。

「そういうことだ。ただ、日中は頻繁に訪ねていらっしゃると聞いている。心許せる相手は稀だから、ということだろうな。だから、死を賜ることはおろか、追放することさえ考えてくださらぬのだ」

眉を描き、まなじりと頬に紅を差し、小指の先にまた違う色の紅を載せる前に、碧燿は尋ねた。

「白鷺貴妃のほうは……？　そこまでの厚遇を得ておいて、幼いころからのご縁もあって、陛下を裏切るなんて」

藍熾の御代だけに留まらず、次代においても実家の権勢を確保すべく送り込まれた姫君なのだろうに。

（ご自身のみならず、実家にも累が及ぶのに……それでも構わないほどの相手だということ？）

珀雅のように、皇帝の格別の信頼があれば男でも後宮に入ることもあり得なくはない。けれど、その信頼を裏切ってまでの道ならぬ恋、というのも想像し辛い。

「まことに不可解なことだな」

描いたばかりの眉を寄せて訝る碧燿の耳元に口を寄せながら、珀雅は翡翠《かわせみ》の羽根で蝶を模した簪を彼女の髪に挿した。これもまた、彼女の赤い髪に映える色。燃え立つ色の花の野に、眩い翅の蝶が遊ぶよう。

「その辺りも、お前がどうにかしてくれないかと期待している」

「どうにか……」

あまりにもざっくりとした期待を寄せられて、碧燿は苦笑する。紅が歪まなくて幸いだった。その間に、珀雅は彼女の肩に披帛《ひれ》をかける。繊細な花鳥の模様を織り出して、羽織ってもまるで重さを感じない、たいへんに技巧を凝らした珍奇な生地だった。

「これなら、貴妃にも見劣りしないだろう」

「張り合うために行くのでは、ないはずですが？」

満足げに微笑む珀雅の言葉は、やはり碧燿の仕事を分かっていない気がしてならなかった。彼女はあくまでも彤史、その職務は真実を記すことなのに。

(皇帝陛下に見せるわけでもないのに)

ともあれ——鏡に映る碧燿は、確かに見栄え良く仕上がってはいた。きちんと化粧をして髪を結って、華やかに装うと思い出す。

彼女は母に似ているのだ。とても美しかった、母に。

＊　＊　＊

白鷺貴妃の殿舎は、紫霓殿《しげいでん》、といった。碧燿の当面の宿舎も、その一角に与えられることになる。

何司令にどう説明しようかと悩んだけれど、年配の上司は碧燿の「出世」を喜んでくれた。婢《げじょ》や宮女の動向ではなく、貴妃の記録に携わるのは、確かにより重要な役目だと言えなくもない。

『貴女なら白鷺家にも貴妃様にも忖度しないでしょう。皇帝陛下は案外お目が高くていらっしゃる』

巫馬家の後ろ盾を持つ彤史を白鷺貴妃につけることで後宮内の勢力の均衡を図る、とか。そんな深い考えが皇帝にあれば良かったのに。実際はそうではないことを知っていたから、碧燿は何司令ほど明るい表情になれなかった。

『皇帝陛下のお考えは分かりません。ですが、私は私の務めを忠実に果たします』

それが、彼女の精いっぱいの決意であり結論だった。

貴妃が罪を犯し、皇帝がそれを覆い隠そうとしているとしても、碧燿が真実を記せば良い。……だから、今の段階で上司にすべてを打ち明けられなくても致し方ない。何司令に相談するとしても、貴妃の罪の全容を把握してからだ。

貴妃の居室に入った瞬間、碧燿はいくつもの刺々《とげとげ》しい視線に貫かれた。

貴妃付きの侍女たちは、もちろん礼儀作法を弁《わきま》えて、端然と控えて居並んでいる。けれど、彼女たちが碧燿に注ぐ目は、凍り付くように冷ややかで、奥底に敵意を秘めているのが明らかだった。というか、わざとそのように見せているのだろう。

跪いて揖礼《ゆうれい》しながら、碧燿は心中で溜息を吐いた。

(ああ、そうか……巫馬家の娘は警戒される、のね?)

今上帝の藍熾が皇后を立てないのは、妃嬪への無関心が理由のひとつだろう。姜充媛への嫌がらせを知っても、対策を取ろうという姿勢がまったく見えなかったことからも窺える。

そしてもうひとつ、恐らくはより切実な理由は、先の太皇太后による女禍《じょか》が忘れられていないから、だと思う。

夏天の国を危うく乗っ取りかけたあの奸婦《かんぷ》が権力を握ることができたのは、女性として最高の地位にいたのがそもそもの切っ掛けだった。白鷺貴妃の人柄を、碧燿はまだ知らないけれど——下手な女に権力を握らせて、またあんな時代になっては堪らない、という気運が、外朝では強いのではないだろうか。

（でも、白鷺家は娘を皇后にしたい……でも、義父様たちはそれを快く思わない……で、今回の事件だから……）

あわよくば娘を皇帝に売り込みたい、という義父たちの思惑は、紫霓殿の者たちにも透けているはず。女主人を追い落とし、その後釜に収まろうとしているのだろう、と疑われるのも当然だった。

（妃嬪の座に興味はない、なんて……言っても信じてもらえないでしょうね……）

碧燿はあくまでも彤史として参上したというのに。実家の名がどこまでもついて回るのは不本意なことだった。

（ああ……でも、信じてもらえたとして、そのほうが面倒だったり……？）

彤史として碧燿が記そうとする真実とは、すなわち貴妃の罪にほかならないのだから。

これからの出来事を記録するだけでなく、これまでの記録も洗いたいし、侍女たちに話を聞きたいと思っていた。けれど、碧燿に正直に話してくれる者がいったいどれだけいるだろうか。

暗い予感に低く垂れた碧燿の頭上に、柔らかな声が降った。柔らかい――初春に、寒さを溶かす南風のような。温かいだけでなく、花の香りまで運ぶかのように芳《かぐわ》しく、品の良さと華やぎも漂わせる、清らかな声。

「藍熾様が新しく彤史を遣わしてくださったと――顔をお見せなさい」

「はい――」

考えるまでもない、白鷺貴妃の声だ。優しく穏やかな命令に従って顔を上げると――優美、という言葉の体現が長榻《ちょうとう》にしどけなく身体を預けていた。

その家名の通りに、真白い羽の鳥が、長い首を翼に預けて休んでいる様を思わせる、眩しくも儚げで華奢な姿。

「名は、何と？」

貴妃は、新しい彤史の出自をまだ知らないらしい。侍女たちが、女主人を余計な心労から遠ざけていたのだろう。碧燿に突き刺さる視線が、鋭さをいっそう増した気がするけれど――正直に答えるほかに道はない。

「巫馬氏の、碧燿と申します」

「ああ、それで」

貴妃が、何をどう了解して頷いたのか、碧燿には分からなかった。彼女のやたらと豪奢な衣装についてなのか、貴妃を追い詰めるべく遣わされたことについてなのか。分からないまま、目の前の美しく優雅な女《ひと》に見蕩れ——そして、少し胸を痛める。新雪の翼を持つ、眩い鳥——を思わせる美姫——は、けれど傷ついているように見えた。

白い頬は青褪めて血の気がなく、痩せてもいる。顔かたちが整って美しいからこそ、やつれた面に黒々とした目の大きさがいっそう際立《きわだ》って痛々しかった。折れそうな肩を覆う披帛《ひれ》に施された金糸さえ、どこかくすんで沈んで見える。

（悪阻《つわり》、というやつ？　心労も、あって当然なのだろうけど）

美しい貴人のやつれた風情を凝視するのは、非礼になるのだろうか。それでも、この方の心の裡《うち》で何が起きているのか。手掛かりだけでも掴みたかった。

ひとまずは罪に問われないことに安堵しているのか、心奪われた相手を慕っているのか。それとも殺されようとしている我が子のために悲しんでいるのか。

その心の扉を開かせることが、碧燿にできるのかどうか。——そんなことは不可能ではないのかと、思ってしまいそうになるけれど。

（だって。真実を明かしたらこの方は——）

これまでは、真実の追及は誰かを助けることに繋がっていた。冤罪を晴らしたり、失せものを見つけたり。先日の桃児の件が良い例だ。

けれど、今回は違う。

貴妃の不義の相手を見つけ出せば、その男は無惨な死を賜ることになる。愛した者を殺す真実を、どうして明かしてくれるだろう。

迷いに喉を塞がれて沈黙する碧燿を前に、貴妃の、色のない唇が微かに微笑む。

「綺麗な方が来てくれて嬉しいわ。この紫霓殿も華やかになるでしょう。藍熾様に感謝申し上げなければ」

健やかなころであれば、この御方ひとりで十分過ぎるほどの輝きであっただろうに、罪を犯してやつれた貴妃は奇妙なことを言った。

続けて、それに、と呟いて笑みを深める。枯れかけた花を思わせる、病んだ暗い風情の笑みだった。

「わたくしを追及してくださるおつもりなら、喜ばしいこと。貴女も、職務に忠実に励んでちょうだい」

貴妃が漏らした言葉に、侍女たちは静かにどよめいた。碧燿も、無言のままで目を瞠《みは》った。

（この方は、私の職務を何だと思っていらっしゃるんだろう？）

彤史は、命をかけて真実を記す役だ。言い訳や言い逃れの余地があるというのか、何かしらの取引を考えているのか。――まさか、本当に真実を暴いて欲しい、とでも？

(それなら、正直に皇帝陛下に言えば良いのに。なぜ、私に？)

貴妃の真意を量りかねて、碧燿は数秒の間、固まってしまった。侍女のひとりが重々しく咳払いしたことで、ようやく我に返り、改めて頭《こうべ》を垂れる。尊い御方からのもったいない御言葉なのだ。黙り込んだままではやはり非礼になってしまう。

「恐れ入ります。誠心誠意、努めます」

硬い声で述べながら、敷物の精緻な織り目を見つめながら。碧燿は、必死に自分に言い聞かせる。

(白鷺貴妃が何を考えていようと、私の仕事は変わらない……！)

妃の不義という重罪の真相を、記録に残さなくては。その結果、この美しい人がどうなるか、どれだけの命が失われるかは——今はまだ、考えるべきではない。胸に湧き上がる疑問も、封じ込めなくては。

(私は——真実を記したいのではなく、誰かを助けたかったの……？)

それは違う——と、思いたかった。真実は尊いもの、命を賭してでも記録すべきものであって。罪は正しく裁かれるべきであって。白鷺貴妃の罪が真実ならば、相応の罰があるべきであって。

哀れみを覚えたり——まして、そっとしておいて差し上げたい、だなんて。そんなことを考えるのは間違っている。

その、はずだった。

＊＊＊

鈍く疼《うず》く頭痛を散らすべく眉間を揉みながら、碧燿はひとりごちた。

「やり辛い……」

紫霓殿に来てからの日々は、これまでとは何もかも勝手が違った。

彤史の肩書は変わらずとも、持ち場が変われば粛々と筆と墨と紙を相手にするというわけにはいかなかった。まして今の碧燿は、貴妃の密通の真実を探るという役目を帯びている。新たに記録を綴るだけでなく、少なくとも直近の数か月の記録を洗い直さなければならなかった。

書庫から私室に持ち出し、山のように積んだ巻物の中に、貴妃の相手、あるいはその侵入経路を示唆する手掛かりが潜んでいるはずなのだから。

（来客、皇帝の渡り、モノの出入り……）

ただ、後宮の最高位の女性だけに、とにかく情報の量が多い。機嫌伺いなのか何なのか、下位の妃嬪が引きも切らずに訪れているようだし、後宮の外からも貢物が絶えない。

白鷺家と貴妃の権威があってのことだろう、貴妃の一族も、珀雅のようにしばしば後宮に足を踏み入れる栄誉を賜っているようだ。さらには、人脈を築くための足掛かりにしようというのか、紫霓殿の侍女たち宛の客や品もあるようだし。

すべてを精査するのだと思えば頭痛もしてくる。

（でも、手掛かりなしに聞き込んでも無駄だろうし）

職場の者たちの冷ややかな態度もまた、これまでとは違うことのひとつだった。

でも、今の紫霓殿においては、真実を求めることなど誰も望んでいないから仕方ない。せめて何らかの仮説を立ててからでなくては、次の段階に進むことはできないだろう。

息を吐いて──腕まくりをする。例によって動きづらい女の衣装にもうんざりしているけれど、仕方ない。

「さて、次、っと」

義兄たちも皇帝も、そう長くは待ってくれないだろう。特に藍熾は、見るからに気が短そうだ。のんびりしている暇はない、と。新たな巻物を広げて──そこに知った名前があるのを見てとって、碧燿はそっとその文字をなぞった。

（姜充媛も、紫霓殿《ここ》を訪ねてたんだ）

多くの妃嬪がそうしているのだから、別に驚くことではない。

ただ、嫌がらせで綬帯《じゅたい》を盗まれて、それでも訴えようとはしなかった佳人の姿を思い出すと——やる気が出る、かもしれない。真実は必ず明かされるのだと示すことができれば、かの人の心も変わるだろう。

そう、気合を入れ直した時——紙の匂いに満ちた部屋に、春の薫風《くんぷう》が吹き込んだ。あるいは、そのように錯覚させる柔らかく美しい声が響いた。

「ずいぶん根を詰めているようね？」

「——貴妃様」

飛び跳ねるように振り向くと、殿舎の主たる白鷺貴妃が優美を極めた風情で佇んでいた。

芳しい風、と思ったのも道理、その白い手は、茶菓が載った盆をこちらに差し出している。茉莉花《まつりか》と肉桂《シナモン》の甘い香が、強張った碧燿の神経を和らげてくれる。

（……なんで？）

驚き固まる碧燿に微笑んで、貴妃は盆を机の空いていたところに置いた。

「差し入れを持ってきたのよ。頭を使っていると甘いものが欲しくなるでしょう？」

「そんな、貴妃様自ら——」

女官への差し入れなんて、貴妃がすることではない。恐縮する以上に怪し過ぎて、碧燿は慌てて手と首を振った。

「良いのよ」

けれど、貴妃は聞かずに居座る構えだった。積んでいた巻物を除けて、碧燿の向かいに勝手に椅子を据えて、掛ける。白魚の指先が、花を摘むような手つきで菓子を摘まみ上げた。

「毒なんて入っていないのよ。──ほら」

小さな菓子を呑み込む唇は、今日はきちんと紅が刷《は》かれている。初日に拝謁した時は、可哀想なほど色が褪せて見えたのに。

彤史の、狭い上に墨がある部屋を訪ねるのを想定してだろう、衣装や簪の華やかさは控えめなようだけれど──だからこそ、思いつきでふらりとやってきたのではないのが、分かる。

(武装は万全、ということ……？)

貴妃の背後に目を凝らしても、侍女を引き連れている気配はない。ならば、碧燿とふたりだけで何かしらを話したい、ということらしい。

「もったいないお心遣いでございます。心より感謝申し上げます」

それなら、受けるしかないだろう。というより、望むところだ。硬い声で応えると、碧燿は椅子を下りて跪拝《きはい》した。

　白鷺貴妃の気だるげな眼差しが、巻物の山を興味深げに撫でた。黒々とした瞳の艶めいた様は、しっとりと夜露に濡れた花を秘めた闇を思わせる。

「何を調べていたの?」

「殿舎の、人の出入りなどを……妃嬪の方々のお出《い》でが多いので驚きました」

　姜充媛を思い出しつつ碧燿が言ってみると、麗人の整った口元に含みのある笑みが浮かんだ。

「そうね。皆様、藍熾様のお好みが知りたくて仕方ないようなの」

「それは――」

　図々しい、のではないだろうか。

　後宮の女が皇帝の寵を望むのも、そのために必死になるのも当然のこと。とはいえ、白鷺貴妃も競争相手のひとりのはず。その御方に教えを乞うということは、皇帝は本当に貴妃を女としては見ていないのだろうか。それも、思いのほかに多くの者が知っているということになる。

(姜充媛は、どうだったんだろう)

　貴妃が助言を与えたのかどうか、それに効果があったのかはともかく。その必死の努力の結果が、同輩からの嫌がらせとは。何があっても何がなくても、後宮の女のおおかたは不幸なのではないか、という気がする。

とはいえ、下手な哀れみも慰めも貴妃の望むところではないだろう。花の香が漂う茶で口を湿らす間に、碧燿は無難な答えを捻り出した。

「貴妃様は、陛下と最も近しい御方ですから。あやかりたいと思われるのでしょう」

「白紗《はくしゃ》越しの眺めも知らないのにね。閨の作法ならほかの方々のほうがご存知でしょう」

皇帝の寝所に届けられる女は、武器や毒物を携行できぬように、裸になって白い紗で包まれて運ばれるのだとか。

（着飾ることもできない、顔もろくに見えないかもしれないってことだよね）

今上帝、藍熾のもとでは、目立って寵愛を受ける妃嬪はまだいない。荷物のような扱いを受ける女たちが、明るいうちに改めて呼ばれる例など聞いたことがない。それに比べれば、目の前の貴妃は遥かに皇帝の好意を得てはいるのだろうに。

「あの方の御心を掴むにはどうすれば良いか——わたくしが教えて欲しいくらい」

白鷺貴妃の目に試すような色が浮かんだ気がして、碧燿は無言で菓子を齧《かじ》った。肉桂《シナモン》の香りのお陰で、贅沢に使われた糖蜜の甘さがいっそう濃く、舌に纏わりつくようだった。

女として顧みられない孤閨《こけい》の怨《えん》が不義の動機なのか、その自白なのか。はっきりそうと問うても良いものかどうか。次の手を悩む間に、紅い唇が、また動く。

「職務に忠実に、とは言ったけれど、本当に励んでいるのね。こんなにたくさんの文書を持ち出すなんて」

「彤史の務めは真実を記すことです。そのために、まずは過去の事実の把握が必要だと考えました」

どうもこの方も碧燿の職務を誤解しているのではないだろうか。彤史について正しく理解してくださっているのなら、積み上がった文書を見て驚いたりしないだろう。

(それとも、巫馬家の娘が真面目に仕事をしているなんて思っていない、とか……?)

そうだとしたら、どうして誰もが碧燿のことを第一に巫馬家の娘として見るのだろう。彼女は現に彤史として後宮にいる。それ以外の者では、決してないつもりなのに。

「まあ──」

碧燿の生真面目な物言いがおかしかったのか、貴妃は口元をほころばせると、おっとりと首を傾げた。艶《つや》やかな唇を彩るのは、やや皮肉げな微笑だった。

「事実が記されていると、信じているの?」

「はい。彤史とはそういうものですから」

貴妃が仄めかしたことは重々承知で、けれど碧燿は迷いなく頷いた。

強がりではなく、記録を疑う理由はまったくない。前任の彤史が皇帝の圧力に屈して節を曲げるような人物なら、そもそも彼女に話が回って来ていないのだから。

「……貴女がするのは形ばかりの調査だとばかり思っていたわ？　いえ、そうなのよね？　ここにはわたくしのほかに誰もいないわ。建前抜きで話したいの」

なのに、白鷺貴妃はそっと身を乗り出すと、碧燿の耳元に囁いた。彼女の言葉を、建前だと思い込んでいらっしゃるのだ。

（やっぱり、何か思い違いをなさっている）

確信しながらも、碧燿は再び頷く。

「――お望みのままに」

誤解でも良い。貴妃が本音を語ってくれるなら、わざわざ訂正する必要はない。この御方の思惑とは違うとしても、彼女のほうでも本音の話ができるなら歓迎だ。

「そう言ってくれて良かった……！」

碧燿の返事を都合良く捉えたのだろう、貴妃はふわりと、今度は自然な笑みを浮かべた。けれどそれも一瞬のこと、すぐに真剣な面持ちになって声を潜める。

「わたくしの――その、相手のことよ。巫馬家の好きな名前を選んで良いのよ。大罪を犯したことにしたい者の、心当たりは多いのではないかしら」

「……は？」

碧燿が貴妃の言葉を理解するのに、たっぷり数秒はかかってしまっただろう。

政敵に冤罪を着せて始末すれば良い、と言っているらしい。彼女自身だけでなく実家をも巻き込んだひどい誤解に、碧燿は心の中で顔を顰めた。

（義父様たちは、世間にどう思われているの？）

誤解の余地が大いに発生するだけのことをしているのだろうな、と思うと、声に呆れを出さないようにするのは難しかった。そもそも、現実的な提案とは思えない。

「その男は、どのようにこの殿舎に忍び込んだのでしょうか。私にはまだ見当もついておりません」

「どうにでもなるでしょう、そんなこと」

貴妃はそれこそ呆れの目を碧燿に向けた。聞き分けのない子供に対するような、分からないことこそ分からない、とでも言いたげな表情だった。

「些細なことよ。少し前まで、死者を皇帝と呼び、空の玉座をみんなして崇め奉っていたことに比べれば」

言い聞かせるように続ける貴妃は、碧燿が両手を膝の上に揃えたのに気付いていない。彼女が静かに心を閉ざし、歯を噛み締めて感情を抑えようとしていることにも。

（そう……確かに。そのころは、記録も平然と偽りを述べていた。死者を生者と、太皇太后の言葉を皇帝のそれだと——）

幼い皇帝が生きていることにするために、誰もいない部屋には朝夕豪奢な食事が届けられ、季節に合わせて絢爛な衣装が新調された。さらには数多の宦官や宮女がかしずいて、役職までも決められていたという。

まったくもって愚かしい茶番に、夏天の国中が付き合わされていたのだ。多くの者が欺瞞を察していながら、恐怖や保身のために目を瞑《つむ》っていた。

「何も、無辜《むこ》の者を陥れろと言っているのではないでしょう。わたくしを——罪を犯した貴妃を見逃しては、藍熾様のお立場が危うくなってしまう」

貴妃の言葉は、一面では正しい。罪には相応の罰が必要と、確かに碧燿も考えていた。

（でも——そのために都合の良い記録をでっち上げろ、だなんて！）

彼女には何よりも受け入れがたいことだ。

碧燿の意思によらず、指が拳の形を作り、義兄から送られた繊細な生地に皺を刻む。でも、白鷺貴妃は気付かぬようで得々と続けている。

「白鷺家は力をつけ過ぎたわ。そろそろ掣肘《せいちゅう》が必要なのではなくて？　一族の中には、権勢に驕《おご》る輩《やから》も多い。藍熾様の治世の礎《いしずえ》になれるなら、わたくしは——」

「我が家を、罪を捏造して喜ぶ家風と思わないでくださいませ。いかに大義があろうとも、卑劣な行いでございます。……確かに、何かと企む方々ではございますが」

鋭く遮られて初めて、白鷺貴妃は目を見開いた。呆けてもなお美しいその麗貌《れいぼう》に、碧燿は斬りつけるように言葉を叩きつけた。

「私は養女です。両親が亡くなったため、父の知己であった巫馬家に引き取られました」

「そう、なの……?」

だから何だ、と問いたくて、けれど気圧されてできないのだろう。呆然と声を震わせる貴妃に、碧燿は形だけ唇を笑ませて見せる。

「生まれた時の姓を巴公《はこう》、父の名を文偉《ぶんい》と言います。……刑部侍郎《けいぶじろう》を拝命しておりました」

言葉を重ねるうちに、白鷺貴妃の顔色が、化粧の甲斐もなく青褪めていく。その様を、碧燿はいっそ愉しく見つめた。父の名が広く語られ、記憶されていると確かめられるのは、間違いなく喜ばしく光栄なことでは、ある。

「目的があれば偽りを記しても良い、などと──考えるだけでも父に顔向けできません」

夏天の国でただひとり、茶番を良しとしなかったのが碧燿の父だ。

太皇太后の時代に、皇帝は既に死んでいると告発する危険は分かっていただろうに。案の定、凄惨な死を賜ることになったのに。それでも父は、真実に殉じたのだ。

「……ごめんなさい。父君を侮辱するつもりではなかったの」

白鷺貴妃の震える唇が、掠れた声で言葉を紡いだ。罪悪感に囚われているらしい貴妃に、碧燿は鷹揚に頷いて差し上げる。

「存じております」

父のしたことを、偉業と称える者もいれば愚直に過ぎると嗤う者もいる。いずれにしても、その娘が目の前にいることを想定できる者はいないだろうし、する必要もない。普通なら。

今回は——まあ、間が悪かったというやつだ。貴妃だって悪気などなかっただろう。

「お陰様で良い休息になりました。仕事もはかどりそうです」

でも、これ以上話すことはない、と。言外の拒絶を込めて碧燿は笑みを深めた。

白鷺貴妃は、しばらくは何か言いたそうに留まっていたけれど——巻物に目を落として顔を上げようとしない碧燿の姿に、無駄を悟ったのだろう。やがて、さやかな衣擦れの音がして、退出する気配が伝わった。

しばらくの間、碧燿の目は、文字を追ってはいてもその意味を捉えてはいなかった。

白鷺貴妃が去り、真実をほじくる彤史の部屋に好んで近づく者もなく。

しんとした沈黙が耳に痛くなったところで——ようやく、彼女は机に突っ伏す。そして、溜息と共に悔恨の言葉を漏らす。

「やってしまった……」

貴妃のもの言いは、碧燿自身の矜持と父の非業の死を踏み躙るものではあった。けれど、言う必要のないことを言ってしまった自覚も、重々ある。

取引や交渉で偽証を行う余地がないと、教えてしまったこと。尊い身分の、それも皇帝の覚えめでたい御方に対し、非礼な態度を取ってしまったこと。いずれも良い結果をもたらすはずもない。

彼女の出自だって、何も教える必要はなかった。碧燿にとっても古傷を抉《えぐ》る思いがしたたし、聞かされるほうだって良い気分にはならないだろうし。口を滑らせたことへの後悔は、舌に残る菓子の後味さえ、苦く感じられてしまうほど。

でも、思い悩んだところで、一度口にした言葉をなかったことにはできないのだ。もう一度深く溜息を吐き――碧燿は、広げるだけだった巻物を片付けながら自分に言い聞かせるように呟いた。

「切り替えよう……貴重な御言葉をいただけたと思うべき。信じられなくても――どうしてそんな嘘を吐いたのかは、真実への足掛かりになる……」

建前抜きで話したい、なんて言っていたけれど、碧燿は白鷺貴妃が語ったことを丸呑みにしてはいない。

皇帝にとって不都合な者に、密通の罪を着せて始末する――そんなことが、不義の理由というか目的であるはずがない。命を懸けてまでやることではないと思うし、ほかにやり方があるだろうに。

(懐妊したから――不義の証拠ができてしまったから、利用しようとしている？　罪滅ぼしとして……？)

それはまだ、仮説のひとつ。ほかにも、貴妃の声や表情から窺えたことがある。あの清らかな美姫は、皇帝の寵を狙う妃嬪たちへほのかな悪意を抱いていた。

いまだやらかしによる沈んだ気分を引きずったまま、碧燿はまた新たな巻物を紐解いた。白鷺貴妃とのやり取りで、確かめたいことができたのだ。

「白鷺貴妃《あのかた》が皇帝に召されることを、ほかの妃嬪は警戒するはず――」

即位前からの縁と、姉弟同然の絆がある貴妃にお召しがあれば、ほかの女が割って入る余地はなくなる。その事態を避けるために、不義の相手を手引きした、だなんて――そう上手く運ぶはずがないから、これもまた現実的な案ではないだろうけれど。

「だから、皇帝のお手付きの妃嬪なら、貴妃様を陥れる動機がある……？」

呟いて思考を整理しながら、碧燿は進御の記録を紐解いた。

何司令が、姜充媛に嫌がらせをした容疑者を絞るために、記録を抜き出して整理しておいてくれたのだ。白鷺貴妃の件には直接かかわるものではなかったけれど、念のため持ち出しておいたのだ。

（やっと手掛かりができる、かも⁉）

――と思ったのだけれど。碧燿の弾んだ気持ちは、すぐに萎《しぼ》んでしまうことになった。特別に怪しいと考えられる者がいないことに、すぐ気付いたのだ。

藍熾の即位以来の記録は、たいへん淡白で素っ気なく、規則正しいものだった。妃嬪の容姿にも家名にも興味を持っていないことは明らかで、一度や二度、召されたからといって野心を抱く者がいるとは考えづらい。

手詰まりになってしまう一方で、生々しい閨のやり取りを読まずに済んだ――つまり、あの男は閨で女と語らったりはしないらしい――のは、一応は若い娘の身としては幸いだった。

無駄なことと知りつつ、それこそ念のために記された妃嬪の名と階級を書き写しながら、碧燿はまた溜息を吐いた。

（……本当に順番に、かつ適当に選んでいるだけなんだ……）

白鷺貴妃を除いた四夫人の次は、九嬪《きゅうひん》から。さらにその次は二十七世婦《せいふ》、八十一御妻《ぎょさい》。召される妃嬪の位は下っていき、下り切るとまた初めに戻る。

下の位ほど同格の者が多いから、競争率は上がる。おそらく、月の障りだとか体調だとかの運も大いに絡むのだろう。四夫人でさえ順番が来るのは二か月に一度ていど、これでは後宮に御子の産声が響くのは当分先のことだろう。

「こんなことだから、最初の懐妊の報が不義の子になるんじゃ？」

さすがに人の耳を憚って小声で毒づきながら、碧燿は白鷺貴妃が下げずに残していった菓子を、ちゃっかりと口に放り込んだ。もちろん、文書を汚さぬよう、菓子に触れる時には十分紙から距離を取っている。

（肉桂《シナモン》……母様がお好きだったな……）

碧燿の母も、父の悲劇からほどなくして亡くなっている。懐かしさと悲しさに少しだけ胸が乱れ、記憶の底から思い出の欠片が浮かび上がってくる。

『母様はもう良いから。後は貴女が食べなさい、碧燿』

そう言って、幼い碧燿の口にそっと菓子を押し込んだ母の、優しい声と笑顔。もう二度と会えない大切な面影が蘇ると、肉桂《シナモン》の甘い匂いで息が詰まりそうになる。

（あれ……お好きなのに、どうして私にくださったんだっけ……？）

碧燿が、よほど欲しがったのだろうか。でも、自分自身のことだから贔屓目が入っているかもしれないけれど、彼女はそれほど食い意地の張った子供ではなかったはずだ。

（父様が亡くなる少し前くらい、だよね。あれは――）

幸せそうに微笑んで、母は何か言っていたような。指先から丁寧に菓子の屑を払いながら、記憶の切れ端を捕まえようと眉を寄せていると——碧燿の目は、またも見知った女性の名を捉えた。

(姜充媛が召されたのは、本当に最近なんだ)

もうひとつの事件を思い出すと、捉えかけた母の面影は儚く霧消してしまった。でも、今は考える余裕がない。

(例の綬帯を盗んだ犯人は、ずいぶん早く嫌がらせに踏み切ったのね)

そう気付いてしまうと、後宮の闇の深さに暗澹《あんたん》とする。鳳凰騒ぎの日付を踏まえて見れば、皇帝のお召しから何日も空いていない。でも、一方で——これなら、姜充媛の証言がなくとも、容疑者の特定は意外と簡単かもしれない。

「……もしかして？」

呟くと、碧燿はにんまりと微笑んだ。雲をつかむような間男捜しよりは、後宮の中での盗難事件の解決はずっと簡単なことのはずだ。今度こそわくわくとした期待を持って、碧燿は巻物の山をひっくり返す。

「芳林殿の記録は、っと——」

紫霓殿以外の記録の量はたかが知れているから、纏めて運んでいたのが幸いした。目当ての巻物を無事に見つけて、早速広げる。お召しのあった妃嬪を祝うという名目で、探りを入れたい者は多かっただろう。きっとその中の誰かが、良からぬことを考えたのだ。

（来客が分かったら、そっちの動向も見比べて――）

もしかしたらまた書庫に出向く必要も出てくるかもしれない。次の行動の予定を頭の中で組み立てながら、碧燿は文字をなぞり――

「――あれ？」

首を傾げた。そして、いいいいいいい、見落としなどなく、何度読み返しても記述が変わらないことを――当たり前だけど――確かめて、逆の方向に首を傾ける。気を紛らわせるために、残っていた菓子を摘まんで――甘味を堪能しながら考える。

（まさか。まさか、ね？）

そんなことはあり得ない――とは、碧燿が言って良いことではない。

彼女の父は、あり得ないはずの皇帝の死を指摘して、そして殺された。不審や疑問、欺瞞や偽証に目を瞑っては、何も変わらないのだ。

たとえ命と引き換えてでも、真実を述べる。それこそが、彼女の血に流れる教えのはずだ。

だから、仮説に気付いてしまったからには、検証しなければ。

（というか、急がないと……！）

巻物を慌ただしく片付け、部屋を飛び出した碧燿は、危うく人影にぶつかりそうになった。名前と顔はまだ一致していないけれど、白鷺貴妃の侍女のひとりのようだ。

「お前、どこに行くの⁉　貴妃様にいったい何を――」

巫馬家の間諜《かんちょう》――碧燿のことだ――を探りに行った女主人が、憂い顔で戻ったのが不審だったのだろう。碧燿のせいだとしか思えないだろうし、ひと言文句を言いたくなったとしても当然だ。彼女としても、非礼は詫びなければ、と思っている。

でも、今は時間がなかった。

「ちょっと芳林殿に行って参ります！　お話があるなら後ほど伺います！」

「芳林殿⁉　なぜ、そんな――」

相手が納得する説明では到底ないのも、承知。それでもこれ以上言葉を費やすことはできない。

背後で喚く声を置き去りにして、碧燿は裙《スカート》の裾を掴むようにして走り出した。

（ああ、動きづらい……！）

ひらひらとした衣装を送ってきた義父が、今は恨めしかった。

三章　真実と炎と烙印と

広大な後宮を駆け、芳林殿《ほうりんでん》に辿り着いた碧燿《へきよう》は、乱れた息を整えながら宮女《きゅうじょ》や婢《げじょ》の出入りを慎重に窺った。

殿舎の主である姜充媛《きょうじゅうえん》への取次を頼む考えは、まったくない。それどころか、彼女はかの佳人に気取られる前に桃児《とうじ》と接触しなければならなかった。

「──桃児さんはどこですか⁉」

「あ、貴女……？」

「巫馬《ふば》碧燿です。彤史《とうし》の！」

どこかへの遣いの帰りだろうか、折良く、ひとりで通りすがった宮女を捕まえて、碧燿は息せき切って尋ねた。相手が戸惑う表情を見て、もどかしい思いで名乗ると、その宮女は目を丸くして彼女の頭のてっぺんからつま先までをしげしげと凝視した。

「彤史……え、あの……？」

不審も露な視線を浴びて、ようやく自分の格好を思い出す。

先日、綬帯《じゅたい》の返却のためにこの殿舎を訪ねた時は、碧燿はいつもの男装姿だった。貴妃の殿舎に詰めるために、歴《れっき》とした侍女さながらに女装している今だと、同一人物には見えないのも無理はない。

しかもその瀟洒《しょうしゃ》な格好で、髪を乱し額に汗を浮かべているのだから、怪しさは倍増だろう。

「色々事情がありまして、姿が変わっておりますが。私のことはどうでも良い、桃児さんに急用なんです」

「え、ええ――よく分からないけど、それなら……?」

言葉に納得したのではなく、単に碧燿の勢いに気圧されただけではあるだろう。それでも、首を傾げながらもその侍女は頷き、彼女を殿舎の中に通してくれた。

後宮の殿舎は、ひとつひとつが塀や庭園でほかの建物と隔てられている。主である妃嬪《ひひん》が治める、小さな国とでも呼ぶべき閉ざされた空間には、それぞれに異なった雰囲気があるものだ。

そんな、姜充媛の領域に踏み込むことへの不安はあった。けれど、小国の住人を、その境界の外に呼び出すことこそ不審極まりないから仕方ない。

芳林殿の建物の陰にある裏庭の片隅にて、息苦しい緊張の中で待つことしばし――

先の宮女に言付けを託した人の姿が現れた時、碧燿はようやく少しだけ肩の力を抜いた。

「桃児さん――ご無事で良かった」

　最初にかける言葉は、走りながら考え抜いたものだった。多くは語らず、けれど碧燿が思いついてしまった仮説が当たっているか否かの、手掛かりが得られるような。

　怪訝な顔をしてくれれば、まだ良い。それなら彼女の思いつきは的外れだったことになる。でも――

「あ――」

　ただでさえ不安げに、辺りを見回しながらやってきた桃児は、明らかに青褪めて絶句し、あまつさえがくがくと震え始めた。無事でなくなる事態に心当たりがあるのだと、察するには十分だった。

（やっぱり……）

　まさか、で見過ごさなかったのは正解だったのだろう。でも、厄介なことが起きていると確定してしまったのを喜ぶ気にはなれなかった。緊張が重く腹の底に凝《こご》るのを感じながら、碧燿は唇に人差し指をあて、声を潜めた。

「お静かに。何があったか――想像はしておりますが、確証はございませんし、ここで語ることもできません」

言われるがまま、桃児は無言でこくこくと首を頷かせた。

大声を出して人に——姜充媛に気付かれることの危険は、彼女が誰より恐れていることだろう。獄を出たところで改めて見れば、女主人にも似た整った顔立ちをしているというのに、それが怯え引き攣っているのが痛々しい。

「詳しくお話を伺いたいです。私……今は紫霓殿《しげいでん》におりますので。ええと……そう、書簡の整理の手伝いとでもいうことにしましょう。姜充媛には、後で私からご連絡します」

「た、助けて……くれるのですか……？　あの、私、とんでもないことを——」

（静かにって言ってるのに……！）

桃児は、決して声を高めたわけではない。でも、今言わなくても良いことだった。問答を長引かせるより、早くここを出たいというのに。

（……ダメ。言うだけ話が長くなる）

相手を怯えさせては、余計にややこしいことになる。危険も増える。

焦りも苛立ちも押し隠すべく、碧燿は深く息を吸って、吐き、努めて笑顔を保とうとした。

「……貴女が望んでしたことではないのだろうと思います。事情をしかるべき筋に申し述べるためにも、一刻も——」

早く、と言いながら、碧燿は桃児の手を取った。――取ろうと、した。けれど叶わなかった。

（――え？）

ただでさえ陰に入ってほの暗い視界に、一段と濃い影が落ちた。それを訝しんだのも一瞬のこと、後頭部に強い衝撃を感じて、碧燿はその場に崩れ落ちた。薄れ行く意識の中、桃児がぽつり、と漏らした囁きが耳に届く。

「……ごめんなさい」

碧燿はああ、と嘆息した。あるいは、そのつもりになっただけかもしれないけれど。彼女が思っていた以上に、桃児は女主人を恐れていた。危険を承知していてなお、隠し事をするなど思いもよらないほどに。この宮女は、碧燿からの呼び出しを、姜充媛に言いつけてから現れたのだ。

覚醒した瞬間に、目眩《めまい》と吐き気に見舞われて、碧燿は低く呻いた。最悪の気分は、頭の内外から響く痛みと、手足に施された縛《いまし》めに気付くと、さらに加速する。どうやら彼女は、縛られて床に転がされているらしい。

（私……殴られて――）

桃児は、彼女の注意を引き付ける役だったのだ。あの宮女と話している間に、背後から忍び寄った何者かに、思い切り頭を殴られた。

その犯人は――と、そこまで考えたところで、碧燿は目の前に揺れる、見事な捺染《なっせん》を施した裙《スカート》にやっと気付いた。ずきずきとする頭の傷の痛みに耐えながら顔を上げると、見覚えのある美しい面《おもて》が、憎々しげな嘲笑を浮かべて見下ろしていた。

「姜充媛様……」

「余計な真似はしないでちょうだいと、言ったでしょうに」

以前は玉を触れ合わせるよう、と思った玲瓏たる声も、今はひたすら碧燿の頭痛をいや増すだけだった。

頭に刺さるとか傷に響くとかいうよりも、声に込められた悪意の強さと鋭さが、彼女の心をぐりぐりと抉る。

「罪ある者を追及するのが、余計な真似だとは思いませんでしたので。てっきり、嫌がらせを受けられたものだとばかり……」

「嫌がらせなんか、なかった。綬帯《じゅたい》は、盗まれてなどいなかったのよ。……ねえ、どうして、どこまで気付いたの？」

辛うじて憎まれ口めいたことを返すと、さやかな衣擦れが響いて、充媛が碧燿の顔の傍に膝を突いた。

（惚《とぼ》けたほうが良い……？）

何も気付いていない、と――でも、言ったところで信じられないだろう、とすぐに考え直す。役職そのものは低くとも、巫馬家の養女を殴ったのが露見すればただでは済まないのは、この女も分かっているはず。

この質問は口封じの前にできるだけ情報を引き出そう、という意図だろう。ならば、碧燿には時間稼ぎしながら活路を探ることしかできない。

(ここは――芳林殿の中？　私が走っていたのを、誰か不審に思ってくれないかな。白鷺《はくろ》貴妃様は――私が消えたほうが嬉しいかもしれないけど)

妃嬪の住まいに相応しい豪奢な調度を見れば、敵の手中に捕らわれたことを思い知らされてしまう。暗澹とした気分に落とされながら、それでも碧燿は口を開いた。

「……芳林殿の記録を調べたところ、貴女様が召された夜から鳳凰騒ぎがあった日――綬帯が盗まれるまでに、来客はありませんでした」

そもそもの切っ掛けは、そこだった。綬帯を盗むことができた者が、いないことになってしまうから。

(そうだった……分かりやすい容疑者がいたら、何司令《かしれい》にはすぐに分かったはず)

後宮の記録を管理して長い何司令なら、妃嬪同士の諍いにも、碧燿よりもずっと敏感なはずだったのに。年配の女官が続報を何も伝えてくれなかったのは、伝えるだけの情報が見つからなかったから、なのだろう。

「後宮においては、誰かのお召しは大きな話題ですのに、不審だと思いました」

でも、本当に迂闊な偶然で高価な綬帯が鴉《カラス》に攫われた、なんて信じられない。それなら、動機と犯人が別に存在すると考えるのが自然だろう。

「それで——次は、尚薬司《しょうやくし》の、調薬の履歴に当たったのです。客を受け入れられない理由があったのだろうか、使用人に、伝染《うつ》る病の者でも出たのか、と」

後宮では、あらゆる部署がそれぞれに記録をつけているものだ。付き合わせて検証しようという変わり者が滅多に出ないだけで、記録は——真実は、常に淡々と積み上げられている。

碧燿が告げようとしている内容に、もう心当たりがあるのだろう。姜充媛の滑らかな頬が、軽く引き攣った。美しいけれど色褪せているのは、思えば白鷺貴妃と同じ、後ろめたさによるものだったのだろうか。

「夜伽に侍ったはずの日に、貴女様に当帰芍薬散《とうきしゃくやくさん》が処方されていました」

当帰芍薬散は、月経痛に広く使われるごく一般的な薬だ。それ自体は何ということもない。ただ、処方された患者と日付が、決定的に不可解だった。何がどう、というのは——もはや口にする必要はないだろう。

「あちこち調べ回ったものね。気持ち悪い」

「たまたま、一度に調べられる状況だったのです。……まあ、そうでなくてもいずれ確かめようとしていたでしょうが」

　碧燿が疑問を検証することができたのは、同輩の彤史たちが職務に忠実に記録を残してくれたからだ。けれど姜充媛にその矜持を説いても無駄なのは明らかだったから、碧燿は罵倒を軽く流して続けることにした。

「月の障りに当たっていたと申告すれば、夜伽の役はほかの方に移っていたことでしょう。不可抗力、自然の理《ことわり》であって、何も悪いことではございませんが──」

「そんなことができるはずないでしょう⁉　わたくしたちは次なんて待っていられないのよ……！」

　考えていた通りの内容の絶叫に、碧燿は顔を顰めた。痛む頭が揺さぶられる苦しみもあったし、巡り合わせの悪さを、その悲痛や絶望を黙って受け入れたであろう数多の妃嬪を思い遣ってのことでもあった。

「貴女様は、陛下にお目通りしたことはなかったのですね？　賞花の宴の時も……？」

「ええ、そうよ。あの方は、いつもわたくしたちを見ていない。そこらに咲く花のほうがまだ愛でていただけるでしょう……黙って散るなんて、できるものですか……！」

　皇帝の目に留まりたいと切望すること自体は、妃嬪なら自然な感情なのだろう。一介の女官でありたいと願う自分こそが異端なのだと、碧燿も承知している。

（でも、その望みのためにこの方がしたことは──）

怒りと嫌悪を声に滲ませないよう——それによって姜充媛を刺激しないよう、碧燿は深く息を吸って、吐いた。

「陛下は、貴女様のお姿をご存じなかった。……だから、貴女様は桃児さんを身代わりに仕立てた。背丈や顔が、少しでも似ている人を選んだのでしょう。夜の閨で、白《はく》紗《しゃ》越しでは細かな姿が陛下の御目に入ることはないと、白鷺貴妃様のもとに出入りしていた貴女様ならご存知だったはず」

獄の中で桃児は言っていた。姜充媛を恨まない、と。

あれは、真犯人を告発しない主人を、という意味ではなかった。皇帝とはいえ男の閨に差し出され、さらに口封じのために冤罪を着せられても、という意味だった。だから、黙っているから命だけは、という話になったのだ。

綬帯を盗んだ犯人がいない、という姜充媛の発言も、そこだけは真実だ。なぜなら、彼女は桃児を罰する口実にするために自ら宝物を投げ捨てたのだろうから。

「——これがどれほどの罪になるか、私は存じません。陛下を欺いたとなれば重罪ですが、一方で、宮女であっても寵を受ける僥倖《ぎょうこう》に恵まれる例はあります。陛下のご聖《せい》断《だん》がどうなるか、安易な推測は僭越《せんえつ》というものでしょう」

唯一自由になる口を必死に動かしながら、碧燿は内心で頭を抱えていた。

（私、説得が下手過ぎる……）

罪にはならないだろう、とか。義父や義兄に執り成しを頼むから、とか。

そういうことを言ったほうが、まだ姜充媛の心が動く可能性があるだろうに。彼女の唇が紡ぐのは、どこまでも硬直した正論でしかなかった。これで命乞いになるとは、我ながら信じがたい。それでも、何も言わずに諦めることなどできなかった。

「とにかく──罪を隠すために罪を重ねることこそ、重罪であり愚行であろうと存じます。私が今述べた仮説を立証するのに参照した記録は、今は一か所に集められております。貴女様にも手の届かない、紫霓殿に……！　私の姿が消えれば、実家の巫馬家も黙っておりません。どうか、なさったことを余すことなく公《おおやけ》にしてくださいますように……！」

碧燿の訴えを、姜充媛は表情を変えずに聞き終えた──と思ったのも束の間、形良く紅を刷《は》かれた唇が、不吉な色の三日月のように弧を描く。そこから漏れる軽やかな笑声は、美しいのに耳障りで、どこか罅《ひび》割れた響きがした。

「罪を重ねるな、ですって？　おかしなこと、無駄なこと！　……わたくし、もう罪を重ねているのよ……？」

笑いながら、姜充媛は辛うじて上体を起こしていた碧燿を突き飛ばした。縛られた姿では抗うこともできず、くるりと逆側に身体を転がされ──碧燿は、目を見開いた。

「桃児さん──」

床に片頬をつけた状態で、桃児が目の前に倒れていた。

あんなに怯えていた彼女がこれまで沈黙を守っていたのは、何も言えなくなっていたからだ。苦悶の表情を浮かべて固まった顔、力なく投げ出された手足。――首をぐるりと囲む、無惨な赤い痕。

どれだけの時間、碧燿が意識を失っていたかは分からない。ただ、姜充媛が桃児を殺させる――自らの手でやったはずはない――には十分だったということなのだろう。黙らせる必要こそあれ、この気の毒な宮女から聞き出すべき情報などなかったのだろうから。

「この女は、わたくしから陛下の寵を盗もうとした。わたくしに成り代わろうとした！　許せない……！」

遺体と顔を合わせて硬直していた碧燿は、姜充媛が立ち上がる衣擦れの音と、甲高い笑い声を聞いてようやく我に返った。再び身体を捻って、美しいのに歪んだ顔を睨め上げる。表情と同じく歪《いびつ》で醜悪な言い分に、反駁《はんばく》する。

「……貴女様が命じたことではないですか。この人は、とても怯えて――っ」

腹を強く踏まれて、最後まで言い切ることはできなかったけれど。身体を丸めて痛みを堪える碧燿に、なおも罵声と蹴りが浴びせられる。何度も、何度も。

「お前も、何様のつもり？　巫馬家の娘が彤史ですって？　わたくしを陥れて、邪魔者を除こうとして入り込んだのでしょう！　紫霓殿？　あまつさえ貴妃様に取り入ってどうするの？　あの方はねえ、ただの飾り、置き物なのに！　白紗を纏ったわたくしのほうが、よほど……！」

姜充媛の主張は、何もかもが間違っている。

そうに違いない、という邪推と、そうであったら良い、という願望と。後宮という鳥籠に閉じ込められるうち、あらゆる負の感情を煮凝《にこご》らせた者の目には、すべてが歪んで見えるかのよう。

（違う、のに……）

ひとつひとつ、その誤りを正したい。道理を説いて聞かせたい。でも、姜充媛の言葉の勢いも暴力の激しさも、碧燿に口を挟む隙を与えなかった。

容赦ない罵倒と暴力は、かつてしばしば浴びせられたことがある。咄嗟に許して、とこぼしてしまわないように、碧燿は固く唇を噛み締めなければならなかった。

（許してもらうことなんかない。私に非はないんだから……！）

弱い者は、責められたり虐げられたりすると、自分が悪いと思ってしまうものだ。だから口を噤《つぐ》んで俯くのが常になってしまうのだ。

「……こんなことは、間違って、います……！」

力ある者が常に正しいはずもない。強引に真実を歪め、闇に葬るなんて、いつまでだったのは、姜充媛の体力が尽きたからというだけもまかり通って良いはずがない。

「真実、を——どうか……っ」

「うるさいうるさいっ、黙りなさい……！」

しばらくして、ようやく暴力がやんだのは、姜充媛の体力が尽きたからというだけだっただろう。

女ふたり分の、ぜえはあという荒い息が混ざり合って響く中、碧燿は息を整えるので精いっぱいだった。動くか、喋るか——命を繋ぐために、何かをしなければならないと思うのに、頭がまともに働いてくれない。

周囲に、何か液体を注ぐ音と気配がする、と思った時も。匂いからして油のようだ、と理解した時も。状況を把握するのに、ひどく時間がかかってしまった。

碧燿の思考がようやく焦点を結んだのは、姜充媛が燭台《しょくだい》を取り出した時。揺らめく赤い炎が、彼女の浮かべる暗い笑みを危うく照らし出した時だった。

遺体と、始末したい者と、たっぷりと撒いた油と——次に起きる事態を予見した碧燿の喉から、悲鳴が漏れる。

「——後宮ですよ⁉　おやめください！」

皇帝の住まいである場所への敬意と遠慮と、延焼の不安が真っ先に出た辺り、彼女はやはり説得には向いていなかった。

「知っているわよ。馬鹿なの？」

姜充媛は、碧燿の必死さを見下ろして愉しげに笑う。きらきらと輝く目は、祭りの篝火《かがりび》に夢中になる子供のようですら、あった。

「婢の、火の不始末よ。なんて危ない――罰しないと、ね？」

またも使用人に罪を着せることを仄めかしながら、姜充媛は燭台を無造作に床に放った。

と、瞬く間に炎の壁が立ち上がり、彼我を隔てる。赤と橙の色に染まった衣を翻して、美しい女は軽やかに、舞うように回った。ぱちぱちと、爆ぜる炎の音が楽の調べでもあるかのように。紡ぐ声さえ、歌うようだった。

「わたくしは、懐妊しているかもしれない女だもの。陛下はお見舞いくださるわ。動転して……煤で汚れた顔ですもの、閨とは違って見えるでしょうねえ」

「……せめて、早く消火を！　いったいどこまで広がるか――」

自分のためではなく、芳林殿や周囲の殿舎の住人のために、碧燿は訴えた。けれど、芋虫のように無様に転がる彼女の言葉に耳を貸さず、姜充媛は高らかに笑いながら炎と煙の向こうに消えていった。

室内に充満する黒煙を避けて、碧燿は床に張りついていた。床を舐める炎から逃れようと、縛られた手足で不器用に這う。桃児の遺体はすでに炎に包まれたのか、髪や脂《あぶら》が焦げる嫌な臭いも漂い始めた。

彼女も遠からず、同じく炭の塊《かたまり》となり果てるのだ。ろくな身動きも取れない癖にもがいても、わずかな時間稼ぎにしかならないだろう。それどころか、苦しみが延びるだけかも。でも――

（死ねない……！）

その一念で、碧燿はまだ火の手が小さい方向を探して必死に瞬き、肌を焦がす熱に耐えて、這う。炎が縄を焼き切ってくれるのではないかと願って、少しでも手足を動かそうと努めながら。

真実を求めることで、疎まれるのは望むところだった。父に倣って、死を賜ることさえ異存はない。けれど、それは真実を公表するのと引き換えであれば、の話だ。

ここで碧燿が燃え尽きれば、姜充媛の所業を訴える者はいなくなる。桃児と彼女の死は、単に火事から逃げ遅れただけになってしまう。

先ほどは証拠が揃っていると言ってはみたけれど、彼女のほかに、情報を組み合わせようと考える者がそうそう出てくれるとは限らない。そうなれば、碧燿が芳林殿にいた理由も、追及されることなく闇に葬られてしまうかも。それに――

（白鷺貴妃様のことも、まだ……）

姜充媛の罪と、貴妃のそれとに繋がりがないのは明らかだ。でも、どこか、通じるものがあるのではないだろうか。

ひとつひとつでは意味を為さなくても、碧燿の同輩たちが綴ってきた記録は、確かに姜充媛の罪を指し示していた。同じことが、白鷺貴妃にも当て嵌まるかもしれない。

（記録は――真実は、常に淡々と積み上げられている……！）

夜伽の記録と、尚薬司の薬の処方の記録、芳林殿の人の行き来の記録。碧燿自身が記した、鳳凰騒ぎと、綬帯の紛失と発見の記録。それぞれの記録は正しく為されていたのに、身代わりが入る余地があった。

（それは、妃嬪として記録されたのが、実は別人だったから）

その名で記録された者が間違いなく本人だということを、誰がどうやって判断するのだろう。

偽証の意図があるなら、名乗りはもはや信用できない。貴人の顔は、誰もが知るものではない。位に相応しい衣装や装飾も、実は誰だって纏うことができるのだ。

桃児が姜充媛として皇帝の閨に上がることができたように、どこかで何かのすり替えが行われたのだとしたら。

（貴妃様のお茶とお菓子――茉莉花《まつりか》と、肉桂《シナモン》の……母様が、好きだった）

亡き人の記憶が頭を過《よぎ》ったことに、碧燿は愕然とした。

これではまるで、死に惹かれているかのよう。現実逃避で、何の憂いもなかった過去に想いを馳せているかのよう。

(違う……！　これは、手掛かりのはず……！)

彼女は、まだ考えるのをやめていない。母が、何か言っていたと思うのだ。それが、白鷺貴妃の件に何か関係するのか——とりとめのない思考を繋ぐ糸が見える前に、碧燿の顔に熱風が吹き付けた。

(どこか、崩れた……⁉)

思わず目を閉じれば乾いた眼球が痛み、灼《や》けた空気を呑み込んだ喉が耐え切れずに咳き込んだ。

炎が肌を舐める感覚、熱が迫る感覚が怖い。肉が焼け焦げる痛みを、碧燿はすでによく知っている。

(動かないと。逃げないと、いけないのに)

分かっていても身体が竦んで動けなかった。恐怖によってだけでなく、煙を吸い過ぎてしまったからかもしれないけれど。

いずれにしても、姜充媛は、碧燿と桃児が十分に燃えるまで火事を傍観するだろう。建物自体が燃え落ち始めたなら、もはや希望はない、のだろうか。絶望に、全身から力が抜けた時——

「――見つけた」

「……え？」

聞こえた声は涼やかで平静で、そして、再び開いた碧燿の目に映った色は、冷たい色をしていた。

深い、青――藍。

火の粉が映えるその目の色は、まさに彼の名を表している。でも――力強い腕で碧燿を助け起こすその人は、こんなところにいて良い御方ではないはずだ。

「へい、か……？」

「担いでいくから大人しくしていろ」

信じられない、と。呆然と呟く碧燿に軽く顔を顰め、藍熾は彼女を抱え上げた。

言葉通り、荷物のように担がれて移動する速さは、風のように思えた。わけが分からなくて――脱力して、畏れ多くも皇帝の背に、頬を休める。すると濡れた感触があって、一応は水を被ってきたらしいことが分かる。

（消火が始まってる？　助かった……？）

そっと息を吸って、吐いてみると、身体中が熱く、痛かった。けれどそれは、生きていることの証なのだろう。

＊＊＊

煙と炎から逃れて建物の外に出ると、すでに夜の帳《とばり》が降りていた。

暗い夜空に立ち上る火柱は、恐ろしくも美しい。芳林殿の倒壊は、もはや目前に迫っているようだった。

「痕《あと》になっているな……焼き付かなかったのは、まだ幸いだったたか」

藍熾は、彼女を肩から下ろすと、短剣で手足の縄を切った。縄の痕を撫でていった硬い指先の感触が、やけに優しいのが不可解だった。あの皇帝陛下が、碧燿を案じてくださるなんて。

(怪我人はどれだけ出たんだろう。姜充媛は……？)

縛《いまし》めから解放され、よろめく足で地を踏みしめながら、碧燿はぼんやりと考えた。──と、頭からざぶりと冷水を浴びせられる。

「早く冷やしなされ。火傷が残ってしまいます」

男にしては高く、女にしては低い声は、宦官のものだ。

火災という一大事とあって、女よりは力のある宦官を呼び集めたのだろうか。耳に水が入る違和感に碧燿が首を振る間にも、二度、三度と水音が盛大に響き、皮膚の熱が拭われていく。

「失礼ですがお召し物を脱いでくださいますよう。火傷の手当てをいたします」

「え――構いません。後回しで」

皇帝自ら救い出した女だからか、医官らしい宦官の物腰はやたらと丁重だった。

それでも、焼け焦げた上に水の滴る衣装に伸びる手は遠慮がなく、碧燿は慌てて逃れようと足をもつれさせた。よろめいたところを藍熾に捕らえられ、耳元に不機嫌な声が降ってくる。

「恥じらっている場合か。どうせもう衣服の用を成していない。傷が残れば珀雅に顔向けできなくなるだろうが」

「義兄《あに》は――義父《ちち》も、承知しておりますから。あの、私のことを。だから怒ったりはいたしません」

では、藍熾は巫馬家の機嫌を取るために火中に飛び込んだのだろうか。有力な家の娘を焼死させては遺恨が残る、と？

それにしても軽挙というべきで、後で諫言《かんげん》しなければならないだろうけれど。

（今は、それよりも……！）

肌を人前に晒すまいと、碧燿は必死に手を振った。

「本当にお構いなく。良いのです、私は」

「くどい」

火傷を負って煙を吸った小娘の抵抗など虚しく、藍熾は苛立ったように吐き捨てると、碧燿の衫《ブラウス》の合わせに手をかけた。

（ああ……）

焼け焦げた衣を引き剥がされて、絶望に目を閉じた碧燿の肌に、藍熾が息を呑む気配が伝わった。

いくら夜とはいえ、殿舎を燃やし尽くす炎の勢いはまだ強いし、消火にあたる者たちもそれぞれ灯りを携えている。

だから、藍熾の目ははっきりと捉えてしまっただろう。碧燿の胸元に刻まれた、官《かん》奴《ど》の焼き印を。

侮蔑か、少なくとも驚きの声が降るのを覚悟して、碧燿は目を閉じた。当然の反応とは分かっていても、簡単に受け流せるかどうかは話が別だ。

でも――

声はかけられず、代わりに温かなものに包まれるのを感じて、碧燿はそっと目を開けた。

我が身に何が起きたのか、藍熾はどんな顔をしたのかと訝りながら。――そして、後悔した。目の前の状況が、あまりにわけが分からなかったから。

「何でも良い。これを隠す布か何か――うむ、それで良い」

宦官に命じる藍熾の低い声が、彼女の身体に響く。

水を何度も浴びてなお、炎に炙《あぶ》られ熱を帯びた肌に、絹のひやりとした感触が心地好い。問題は、その上質な絹を纏うのが皇帝その人であるということ。碧燿は、藍熾にしっかりと抱き寄せられているということだ。

(……なぜ⁉)

心の中で絶叫するうちに、肩にふわりと布がかけられた。火事の現場でのこと、何かしら防火の加工が施されたものなのかもしれない。とにかく――これで、碧燿は衆目に肌を晒さずに済んだ。――もしかしたら、この方は彼女を庇ってくれたのだろうか。

「あの」

「これで見えぬだろうから、その中で衣を脱いでおけ」

礼を言うべきか、意図を問うても良いものか。分からないまま口を開いたところ、なけなしの女心を踏み躙る命令がくだされて、碧燿は押し黙った。

布一枚隔てただけで裸になって抱かれていろ、とは無体にもほどがある。――けれど、夜の闇の中でいっそう深い青の目には、有無を言わせぬ圧が宿っていた。

(皇帝陛下のご命令なら仕方ない……?)

無言のまま、そして火傷の痛みに歯を食いしばりながら、碧燿はごそごそと焼け焦げた衣服を脱ぎ落とした。

その間、藍熾は彼女を腕に抱いたままの格好で宦官たちに次々と命令をくだす。碧燿などいないかのような振る舞いは、ある意味気楽ではあった。そして、自ら兵を率いて玉座に就いただけあって、采配のお手並みは見事なものだな、などと碧燿は思う。

(義兄様《にいさま》はこういう方だからお仕えしているのかな?)

そんなとりとめもない考えで、羞恥と痛みを誤魔化して――そして、碧燿の足もとに無惨な衣装の残骸が積もり切ったころ、藍熾はようやく彼女を見下ろした。

「……淑真《しゅくしん》から聞いた。お前は、もとは巴公《はこう》氏の娘だと。それは、何ごとだ」

「……淑真? どなたでしょうか」

「貴妃だ」

目線の動きで焼き印を示されたのに気付きながら、碧燿は質問に質問を返すという非礼を犯してしまった。けれど藍熾は苛立つ様子もなく、端的に答えてくれる。

整った眉が寄せられたから、一瞬どきりとするけれど――彼女への不快を表したわけではないことは、続けた言葉からすぐに分かった。

「お前が芳林殿に行って戻らぬから心配だと言われた。そこへ、この火事の報せが入った。で、忠臣の娘をこのようなことで死なせてはならぬ、と」

「そう、でしたか……」

どうやら、藍職も相当に焦っていたのではないか、という様子だった。どうしてわざわざ皇帝自ら、という疑問の答えも得られて、碧燿は溜息を吐く。

(陛下を動かせるなんて。名で呼ばれているなんて。あの方はやっぱりとても特別な存在なんだ……)

貴妃《あのかた》は、碧燿のことを意外と気にしてくださったらしい。己の短気さ幼稚さに頭を抱えたあの一幕があったからこそ、彼女は助かったのだと、言えるだろうか。そう──それに。

(陛下も、父様をご存知だった。忠臣と言ってくださった)

嬉しいのか誇らしいのか、悲しみが蘇ったのか──胸に渦巻く感情に押し流されるように、碧燿の唇から言葉が溢れる。

「あの……父は、罪人として死を賜りました。ですからその妻子も罪人ということになりました。私の、この髪と目の色は母譲りで──物珍しさゆえに、共に官奴として後宮に収められました」

「母親は、健在なのか」

「心痛に、心労もありましたので、すぐに……でも、あの、誰とも知れぬ者に下げ渡されるよりは良かったかも、と思いますが」

官奴とは、文字通りに公《おおやけ》の奴隷だ。

だから家畜のように焼き印を押されるし、見た目が良かったり芸があったりすれば、珍しい鸚鵡《おうむ》ていどには扱われる。そして、物のように売買されたり、褒賞として下賜《かし》されたりすることもある。

美しい、それも珍しい色の髪と目を持つ女などは真っ先にその対象になる。引き離される前に母を看取《みと》れただけ、碧燿は幸運だったのだろう。

「母は、間に合いませんでしたが――義父は実父と交際がありましたので、太皇太后に賄賂を積んで、我が身を買い戻してくださいました」

白鷺貴妃に告げた時にはざっくりと省略した碧燿の出自は、そういうことだった。

本来は、何代にもわたって奴隷の身に甘んじなければ父祖の罪は雪《そそ》がれぬところ、金の力でどうにかしたのだ。

あの暴君の不興を買う危険を犯してまでその対価を払ってくれた義父には、感謝してもし切れない。そこまでしてくれたのは、亡き実父との友情ゆえで、忘れ形見の碧燿を、心から案じてくれているのも知っている。

なのに、義父や義兄に言われるがまま、女の幸せとやらを享受する気になれないのは、完全に碧燿のほうが悪い。あまつさえ、罪を犯した妃嬪に口封じで殺されかけたと聞いたら、彼らはどんな顔をすることだろう。

（さぞ驚き嘆かれるでしょうね……）

胸に過った忸怩《じくじ》たる想いを読み取ったように、藍熾がぼそりと言った。

「その経緯があってあのように振る舞うのは、賢いとは呼べぬと思う」

「そうでしょうか」

初対面の時の、皇帝への非礼のことか、綬帯の件で姜充媛に詰め寄った時のことか。今のこの事態だけでも、もっともな感想ではあるのだろうけれど。

それでも碧燿は首を振り、微笑んだ。

「父を見て、私は知ったのです。真実とは、命を懸けなければ無価値なものなのだと」

藍熾が目を瞠るのを見て、皇帝を直視している非礼を思い出した。けれど、まあ今さらだろう。火傷がもたらす熱と、心の奥底を打ち明ける高揚に浮かされて、碧燿の舌は止まらない。

「父が訴えたこと──先帝がとうに弑《しい》されていたことは、誰もが知っていました。けれど、誰もが黙っていた。父が死を賜るまで、公《おおやけ》では語られることさえなかったのです」

碧燿を見下ろすことで陰になっているからか、あるいは火が収まりつつあるからか、藍熾の表情はよく見えない。ただ、深い色の目が湛《たた》える疑わしげな感情は、分かった。

「命と引き換えにしてまでも？　真実を明かし、記すとは、そこまで――」

「大事なこと、必要なことです。父があって私がいるように、正しい行いは誰かが必ず受け継ぐでしょう。誰かが範を示さねばならないのです」

少なくとも、命を惜しんだ者からは敬意を払われる。白鷺貴妃が、碧燿の救出を皇帝に願ったように。碧燿は、父の名声によって命を拾ったのだ。

形ばかりは愛を語らう男女のように、碧燿は藍熾の胸に縋って訴える。

「だから私は、命を惜しみません。その死が理不尽であればあるほど、真実はより輝くのですから。どのように弾圧され、屈服を強いられようと――」

「そのくらいにしておけ。目つきも顔色もおかしいぞ」

けれど。斬りつけるような口調で遮られて、言葉を途切れさせる。気圧されたというか、物理的に喋ることができなかった。碧燿の口を塞いだ藍熾の掌は大きく硬く、義兄のそれを思い出させる。自ら剣を取って戦う者の手だった。

「お前は、俺を諫言を容《い》れぬ愚帝と決めつけるのだな。僭越極まりない」

剣呑《けんのん》に細まった深い青の目が、間近に迫る。睫毛が触れ合うのではないかという近さで、皇帝の怒りが伝わってくる。

（そんなことを言われても……）

そういえば、碧燿は疑ったことはなかった。尊い方々というのは権力を振りかざし理を曲げ、無理を通しては下々を苦しめるものだ、と。

父を殺した、あるいは見殺しにした者たちに対して、甘い期待を抱くことなんてできはしない。

「俺がお前を殺すと言ったことがあったか？　お前が勝手に死を望んだだけだ」

だから、藍熾の言葉が正しいか否か、咄嗟に思い出すことはできなかった。

「そう、だったでしょうか……？」

口を藍熾の掌で覆われたまま、碧燿はもごもごと呻いた。

炎から逃れたばかり、それも、畏れ多くも皇帝に抱き締められたこの状況では、頭が上手く働かなかった。藍熾が彼女に対して何を言ったのか。彼女が勝手に言葉の裏を汲んだことがなかったかどうか。

殺すとは言っていない、というのが本当だとしても、皇帝の意に背く者の存在を想定していなかったからではないか、という気もするけれど。

（……ううん、勝手に決めつけるのは、私らしくない……）

ひとからげにして決めつけることもまた、真実から目を背けることになるのだろう。

少なくとも、碧燿は今、犠牲になることに陶酔していた。真実を記すことではなく、その行いに殉じることを悦《よろこ》んでいた。

それは恥じ入るべきこと、歪んだ考えであることは、分かる。藍熾の目には、さぞ異様に映ったであろうことも。

「諫言が耳に痛いことくらいは承知している。それをあえて述べる者が貴重なことも。殺すような無駄は犯すものか。惜しいからな」

「損得の問題なのですか……？」

ようやく口が解放されたのではっきりと尋ねてみると、藍熾は迷わず大きく頷いた。

「今の夏天《かてん》に余裕はないのだぞ。使えるものは、使う」

「さようでございますか」

不遜な相槌に、藍熾がまた顔を顰めた。叱責される前に、碧燿は素早く口を開いた。

「では、御言葉に甘えてお耳に痛いことを申し上げます。白鷺貴妃様のことについて——何を言っても、殺されはしないと考えてよろしいでしょうか」

皇帝に言質を強請《ねだ》る図々しさにか、貴妃の不義の真実を知る不安にか、藍熾の腕に力がこもった。

結果、鍛えた体躯に抱き寄せられることになって、碧燿の身体は火傷とはかかわりなく熱くなる。はしたない姿でずいぶん長く身体を触れ合わせていることを意識してしまうと、もう平静ではいられなかった。

「殺さぬ。……だが、何か分かったのか？　もう？」

「恐らく、ですが。貴妃様にも確かめながら申し述べたいと思います」

　俯いて、身体に巻き付けた布を握りしめて、碧燿は疑わしげな下問に答えた。これは羞恥ゆえであって、自信のなさの表われではないのだけれど、果たして分かってもらえるかどうか。

（たぶん……そういうこと。陛下にも貴妃様にもお辛いことになるけど）

　それでも、真実を覆い隠したままにしてはならない。碧燿はそのようにしか生きられない。彼女に追及を命じた以上、皇帝には付き合ってもらわなければ。

　碧燿風情に案じられていることなど知らない藍熾が、頷く気配が身体に伝わった。

「良いだろう。お前の傷が少しは落ち着くまで待ってやる」

「恐れ入ります」

　寛大な御言葉に礼を述べると、碧燿はそっと目を閉じた。休息と休養の時間を与えてもらえるのは願ってもない。全身がいまだ炎の中にいるかのように熱い。体力も気力も、限界に近づきつつあるのは明らかだった。

＊　＊　＊

　その後の数日の間、碧燿は自室——紫霓殿ではない、本来の住処だ——で休養に務めた。

藍熾は医官を送ってくれた。焼き印を白粉《おしろい》で隠す猶予さえ与えてもらえれば、彼女のほうでも傷痕を増やしたいわけではなかったから、大人しく治療を受けることに異存はなかった。

医官のほかにも、芳林殿の火災を取り調べる官も、碧燿の部屋を訪れた。出火場所や燃え広がり方が、明らかに不審だったのだろう。記録から導き出した推測と、姜充媛の言動を伝えると、官は頭を抱えていた。進御の管理のずさんさが露呈したことになるのだから、何らかの対策が取られれば良い、とは思う。

各所の記録が別個に保管されているのも、改善の余地があるだろう。彤史として意見を求められることがあれば、碧燿も喜んで応じよう。

ちなみに、妃嬪でない者を抱いていたと知らされた時の、藍熾の反応も伝え聞いた。

『どれもこれも、似たような髪形に衣装の女ばかりなのだ。いちいち顔を覚えていられるか』

冷淡で残酷で、けれどもっともなことだった。

ならば姜充媛が何もしなければ、身代わりが露見することはなかったのかもしれない。綬帯の事件がなければ——桃児の口封じを試みなければ、碧燿だって記録を掘り返そうとは思わなかった。

(桃児さんが殺される必要もなかったのに)

焼け跡から見つかった無惨な遺体のことを思って、碧燿の胸は沈んだ。宮女の墓など簡素なもの、せめて個人的に供養《くよう》をしよう、と心に決めてはいる。

それも、白鷺貴妃の件が解決して、碧燿が生きていたら、の話だけど。耳に痛い話を聞かせた者を怒りに任せて殺さないかどうか――彼女はまだあの皇帝を信じ切れていないから。


気力体力の回復を認められた碧燿が紫霓殿を訪ねると、藍熾と白鷺貴妃に迎えられた。

背高く精悍な皇帝と、寄り添う美姫と――共に硬い表情を浮かべているから、物語のように似合いの対《つい》だと、言い切ることができないのが切なかった。

「陛下、貴妃様。お招きにあずかり、光栄でございます」

「……うむ」

招いた側のふたりと、客人である碧燿とで、卓を挟んで対峙する格好になる。殿舎の煌びやかさに拘わらず、茶菓や歓談を楽しむ席というよりは尋問や裁判の場のようだ。しかも、この場ではもっとも身分の低い碧燿こそが追及する側になるのだから、まったくもって不思議なことだ。

とにかく――作法通りの礼をした碧燿が席に着くや否や、白鷺貴妃はおずおずと切り出した。

「怪我は治ると聞きました。あの、嬉しく……安心、したわ」

今日の碧燿はいつもの男装に戻っている。髪も少し焦げたせいで、普通の貴婦人のように高く結い上げるには足りなくなってしまった。

頭の後ろで括るだけの格好は、彼女としては気楽で動きやすくて良いのだけれど、貴妃には痛ましく見えるのだろうか。腫れものに触《ふ》れるような、ひどく痛ましいものを前にしたような声音と眼差しだった。

「もったいないお言葉です」

気にしていない、と伝えるために、碧燿は微笑を浮かべ、改めて頭を下げた。

「そもそも、助かったのも貴妃様のお陰と伺いました。心からお礼を申し上げます」

この数日の間に、貴妃の頬はさらに痩せたように見えた。藍熾との間にどんなやり取りがあったのかは分からないけれど、判決を待つ罪人の思いだったとしたら哀れだった。

(安心した？　本当に？　私が死んでいれば、この席は実現しなかったのに)

礼儀正しく微笑を浮かべながら、碧燿は密かに思う。貴妃の優しさは、父のことで彼女に後ろめたさを感じているから、だけではないような気がする。

(嘘やお世辞でなく、私に会うのを待ってくださっていたのだとしたら――)

この御方は、真実が明かされるのを望んでいるのだろうか。

だって、保身だけを考えるなら、碧燿のことは捨て置けば良かった。罪——と言えるのかどうか、いまだによく分からないけれど——を償うつもりなら、この間に藍燉に打ち明けることもできた。そうしなかったのは——

（ひとりでは打ち明ける勇気を持てない？　誰かに、暴《あば》かれる形のほうが、まだ楽、なの？）

抱えた思いが大き過ぎて重過ぎると、身動きがとれなくなるのかもしれない。ならば、解放して差し上げることも碧燿の役目になるだろうか。

「淑真は、お前の話を聞きたいと——あれからまた調べたとのことだが」

「はい。私としては得心が行っております」

ならば、早く楽にして差し上げなければ、と。碧燿は、藍燉の言葉に応じて頷いた。休養中に、気になる記録を部屋に届けてもらっていたのだ。お陰で、推測はより固まったはずだ。

（手短に、端的に。きっとそのほうが良い）

どこからどう始めるかは悩ましく、碧燿にとっても口を開くのは勇気がいることではあったけれど。自分に言い聞かせて、腹に力を込めて、告げる。

「貴妃様。貴女様は——懐妊などなさっていませんね？」

目を見開いて息を呑んだのは、藍熾だけだった。白鷺貴妃の表情は、変わらない。この御方は、すでに覚悟していたのだろう。それによって、碧燿の説が大筋では当っていることを教えてくれる。

「どうして、そのように？」

姜充媛といい、推論の根拠を問うのは、暴かれる側の義務でもあるかのようだ。立場の異なる美姫たちが似たような反応を見せたことに少しだけ苦笑してから、碧燿は続ける。

「貴妃たる御方が不義を犯す手段を、思いつくことができませんでした。ならば実際不可能だったのではないか、と。そもそもご懐妊を判断した医官がいたのでしょうが、姜充媛の例からも分かる通り、貴人の顔を知る者はそういないのです。診察の時も、素顔で接するはずはございませんね？　御簾《みす》越しに手足の脈を診《み》るとか、そのていどでは？　陛下も、ご臨席されたわけではないかと存じますが」

途中から、碧燿はほとんど藍熾だけに問いかけていた。彼の眉が次第に寄っていく様子からして、反論の言葉がないのは明らかだった。ううん、どうにか反論したいとは思っているのだろうけれど。

(聞きたいことがあるならご随意に——改めて納得させてご覧に入れますから)

その名で記録されたからといって、その人物が実際にその場にいたとは限らない――姜充媛が桃児を利用したのと似たようなことが、ここでも起きていたのだろう。宦官である医官は、貴妃の顔を直視することも必要以上に近付くことも憚るだろう。紫霓殿で、豪奢な衣装を纏った女性と接すれば、貴妃以外の者だと疑うはずもない。

　そして、報告を受けた藍熾も、懐妊の真偽を確かめることはできない。医官が言うなら貴妃は懐妊しているのだと、やはり疑うことはない。

　閨に召されたことがない白鷺貴妃にとっては、皇帝以外の子を身篭るのは重罪であり醜聞だ。偽る理由などないはずなのだから。

「……後宮に、懐妊した女がほかにいたのか？　それこそ相手は何者だ？　淑真のために――いや、ためになること、なのか……？　――とにかく。どこで、どのように通じたのだ？　そのような、都合の良い女と」

　ややあって藍熾が絞り出した詰問は、碧燿が待ち構えていたものだった。ここぞとばかりに、彼女は持参した巻物を卓に広げる。推論を固めるために、取り寄せてもらっていたものだ。

「貴妃様の姉君様が後宮を訪ねた最近の記録がございました。短い間を空けて、二度。姉君様ご自身かもしれないし、お供のどなたかかも。いずれにしても、身篭っていた方がいらっしゃったのでしょう」

　日ごろは、貴妃を訪ねた妃嬪たちをもてなす茶菓が並び、美しい陶器や磁器が彩るであろう卓の上に、そっけない文字だけが記された紙が広がる。その紙面上の日付や人の名を指でなぞって、碧燿は聴衆ふたりに丁寧に説明する。

「その方をいったん紫霓殿に入れ、こちらの侍女と入れ替わらせて後宮に留める。同時に、貴妃様がご不調とでも言って医官に診察させる。懐妊の報が陛下に届けられた後、再度、姉君様がいらっしゃって、身代わりを引き取る。——陛下、此度のことがお耳に入ったのは、この日付の間のことではございませんでしたか？」

「……相違ない」

藍熾が呻くように頷いたのとほぼ同時に、白鷺貴妃の唇が静かに動いた。

「姉にやってもらいました。甥か姪が生まれるそうなの。会えるかどうかは分からないけれど」

それは、明らかな自白だった。不義を犯していないという点では、潔白の表明でもあるはずなのだけれど。でも、貴妃は皇帝への偽りを認めた。藍熾が戸惑うように首を傾けたのは、信じていた相手に裏切られたからに違いない。

「白鷺家が総出でやったことだったのか？　このようなことをして、何の益がある？」

今、この瞬間まで、藍熾は貴妃に裏切られたとは思っていなかったのだ。重罪だと理解してもなお、庇おうとしていたのはそのためだ。

なぜなら彼にとって貴妃は妻ではなく家族だから、不義は彼に対する罪ではなかったのだ。

妻がほかの男と通じれば怒る夫も、実の姉が同じことをすれば庇う――かも、しれない。少なくとも、殺されて当然とは思わない。人の情としては、まああり得ることなのだろう。

（私なら、そうしないとは思うけど――）

普通の人間と感性が違う自覚はあるから、碧燿は余計なことは言わなかった。たぶん、藍熾だってはっきりとは気付いていなかったのだろうから、よく知らない小娘に指摘されるのは不快に思うだろう。

「義兄《あに》が申しておりましたが」

代わりに踏み込むのは、動機の話だ。白鷺貴妃が打ち明けることができない心の重石を、除《の》けてあげなくては。

「ことを丸く収めるなら、貴妃様を改めてお召しになれば良かったのです。その上で、御子の誕生には至らなかった、とすれば、表面上は何の問題もございませんでした」

藍熾の深い青の目に、はっきりとした嫌悪と困惑が浮かんだ。記録を偽ることに対してでは、もちろんない。

家族同然と思っている女性と閨を共にするなんて、考えるだけでもおぞましいのだろう。碧燿だって、万が一、義兄の珀雅とどうこう、なんて誰かに言われたら、こんな顔をすると思う。

（本当に、きょうだい同然なんだ……）

貴妃のほうをちらりと見ると、美しくもやつれた顔が、悲しげに俯いていた。藍熾の表情は、彼女を深く傷つけたのだろう。深く思われ大切に守られても、決して喜ぶことはできないのだ。

「……白鷺家は、陛下のご厚情に賭けたのではないでしょうか。家の権勢も、これまでの忠誠もありますし。姉君同然の御心を受ける貴妃様が死を賜ることはない、と。それどころか――あわよくば、この件を切っ掛けに本当の妃となり、皇后の地位さえ狙えるのではないか、と。そこまで焦っていた、ということでもあると存じますが」

「馬鹿げたことを」

怒りを湛えた藍熾の目は、その名の通りに激しい火花が熾《おこ》るようだった。きっ、と碧燿を睨んだその眼差しは、すぐに貴妃のほうへと移る。

「そのような考えでお前を醜聞に陥れ、しかも危険に晒したのか、白鷺家は⁉ 淑真、お前はそこらの女とは違う。替えが利かぬ。信頼できるのはお前しかいないのだ。白鷺家は、それでもまだ不満なのか……⁉」

彼の怒りの対象は、白鷺家に対してのものだった。大切な――姉として、だけど――女性を陰謀に巻き込むものは、その実家であろうと許さないと言いたげな、激しい怒り。

でも、その思いは、本当に大切にしていると言えるだろうか。貴妃が望むものだろうか。

「姜充媛は、貴妃様のことを置き物と評していました」

碧燿が漏らした言葉を聞き咎めて、青く燃える眼差しが彼女を貫いた。

「愚かな女の世迷いごとだ。嫉妬に正気を失った者の僻《ひが》みに耳を貸す必要はない」

「まことに。けれど、貴妃様は違うようにお考えなのだと思います。ご実家のご意向とも。──私の推論もございますが、このまま申し上げてよろしいでしょうか」

姜充媛の狂態を見た碧燿なら、貴妃の想いはあるていど想像がつく。というか、彼女にとっては後宮の女の鬱屈はとても身近なもの。でも、それを他人の口から語られるのは不快だろう。

（どうしますか？）

目線で問うと、白鷺貴妃の唇が、微かに微笑んだ。安堵によって緩んだ、とも見えただろうか。

「……ありがとう、巫馬家の姫君。わたくしのことを慮《おもんぱか》ってくれるのね」

とにかく──今の彼女は美しかった。やつれて痩せて、傷ついていても。すっと首と背筋を伸ばし、真っ直ぐに藍熾を見つめる、その堂々とした姿は。

「ここまでしてもらえれば、もう十分。ここからは、わたくしがご説明します」

心を定めた人間というのは、かくも誇り高く気高く見えるのだ。

白鷺貴妃の声は、相変わらず春の薫風のように温かく優しく、柔らかい。けれど、春の芳しさは散る花の香がもたらすものでもあって。今の彼女の美しさは、開ききった花の、最後の儚い輝きでもあるのかもしれなかった。

(後宮は、美しい花を集めておいて虚しく散らせる、豪奢で贅沢な園……)

藍熾よりも年上だというなら、白鷺貴妃はあと数年で三十に手が届くはず。後宮に入っていなければ――並の男に嫁いでいれば、何人か子供がいてもおかしくなかった。

ううん、この方には、藍熾以外の相手など考えられなかったのだろう。だから、貴妃にならなかった場合の幸福なんて、欲しくはなかったのかもしれないけれど。

でも、だからこそ。明らかな嘘でも懐妊したと言ってみたくなったのだろうか。

「白鷺家《じっか》の考えは、姫君が今言ってくださった通りです。いえ――わたくしの思いについても、当たっている部分はあるわね。もしかしたら、抱いてくださるのではないか、と……そんな、浅ましいことを」

深窓の姫君にあるまじき直截な表現は、かなり無理をして口にしたのではないか、と思われた。

ほんのりと、耳まで赤く染まった貴妃の恥じらう表情は、女の碧燿が見てもいじらしく愛らしいと思う。でも――藍熾の表情は強張るばかり。きょうだい同然と思っていた相手に恋情を吐露されても、受け入れられるものではないのだ。

（とても普通の方、なのね……）

義務として淡々と、思い入れもなく妃嬪を召す皇帝は、宮官の立ち位置から見上げれば冷酷にも見えるけれど。後宮での享楽に溺《おぼ》れた古《いにしえ》の君主たちに比べれば、真っ当な感性の持ち主ではあるのだろう。

でも、そんな藍熾の普通さは、白鷺貴妃をさらに深く傷つけただけだったのだろう。

彼女の力ない微笑は、萎《しお》れた花弁が落ちるような寂しげで悲しげなものだった。

「けれど、わたくしはほかの者たちよりは藍熾様を信じておりました。不義を犯した妃には、正しく死を賜ってくださると。……巫馬家も、乗ってくれるかと思っていたのだけれど」

「……義父《ちち》や義兄《あに》は、そこまで悪辣ではございません」

しっとりとした眼差しを受けて、碧燿は小さな声で応えた。先日、巫馬家にとって都合の良い者に間男の罪を着せれば良い、と言われたのを受けてのことだ。

（おかしいとは思ったのよ。不義を公表すれば、この方も無事では済まないのに）

不義を犯した罪滅ぼしとして、皇帝に害為すものを道連れにしようとしているのか、とも思った。けれど、この方は懐妊していないのではないか、と考えるとすべてがひっくり返った。

実家に強いられたのなら、告発すれば良かったのだ。真実を打ち明ければ罰せられることなどないのに、そうしなかったということは。

この方は、死にたかった。そして、そうならないことに焦り、絶望していたのだ。

「……死を望んでいたのか。俺に、そのようなことをさせようとしていたのか。なぜだ」

「後宮の妃嬪は、なべて皇帝の所有物。自分自身であろうと、傷つければ罪になります。だから、実家から言い出したことでなければ、一族を巻き込むことなどとてもできませんでした」

ようやく理解されたことに安堵してか、貴妃の頬に少しだけ光が射したように見えた。声の調子も晴れやかで――けれど、碧燿には奥底に潜む冷ややかさが聞き取れた。

(この方は、ご実家を切り捨てたのね)

実家に罪が及ぶのを恐れて、これまで自害することはできなかった。けれど、皇帝を欺く企みを持ちかけられて、白鷺家の自業自得と見切ったのだろう。

自家の権勢があれば、娘の不義の汚名さえ覆い隠せる、だなんて思っていたのだとしたら、確かに傲慢極まりない。建前抜きで話したい、と囁いた時の貴妃は、間違いなく本心を打ち明けてくれていたのだ。

（いいえ、むしろ、白鷺家こそが先にこの方を捨てた……？）

藍熾が先ほど言った通り、彼女の名誉を傷つけ、命まで危険に晒す策でもあった。何より——彼の心を見せつけられるのは辛く悲しいことだっただろう。不義を犯しながら責められないのは、女として見てはいないと突きつけられること。そんな思いは、したくなかっただろうに。

「そういうことではなく——なぜ、俺を見捨てるのだ⁉」

藍熾は、たぶんまだ貴妃の感情をよく分かっていない。というか、彼女が死のうとしていたことに気を取られて、姉同然の相手から思慕されていたと認められないのかもしれない。

それはきっと、貴妃にとっては狡《ズル》い逃避なのだろう。だって、彼女を直截に傷つけたのはほかならぬ藍熾なのだから。——だから、だろうか。花のような唇に、残酷な笑みが浮かんだ。

「姜充媛だけではありませんのよ」

「何の話だ……？」

白鷺貴妃の笑みは歪んで、それこそ炎の中で見た姜充媛の表情を思い出させた。蘇る恐怖と痛みと緊張に、碧燿はそっと、息を吸って吐く。

「わたくしを、名ばかりの貴妃と嘲っていたのは、ということです。もちろん、皆様、表立って言うことはありません。けれど分かるようにしてくださるのです。言葉の端々や笑い方、目線なんかで……！」

後宮という狭い鳥籠の中で、心を矯《た》められ目を歪ませるのは、きっと貴妃であろうと同じこと。

だから、紫霓殿を訪ねた妃嬪のすべてがそうだったのか、碧燿には分からない。どこまでが貴妃の被害妄想なのかも。

「最初は、どなたも助けてください、と言ってくるのよ。藍熾様、少しでも貴方の気を惹くにはどうすれば良いのか、って。縋って、拝むように。そうして、めでたくお召しがあると御礼に来てくださるの。わたくしの番が来た時のために、って、何があったかをこと細かに、嬉しそうに……！」

皇帝に召されたところで、素直に喜んで勝ち誇った女がどれだけいたのだろう。物のように運ばれて、素っ気なく扱われて、かえって寵愛への夢や希望に止《とど》めを刺された者だっていただろう。貴妃に含むところがあったとしても、強がりや負け惜しみの感情が理由だったことは大いにあり得る、と碧燿は思う。

（でも、この方はそう感じた）

理屈ではないことだ。傍から口を出して感じ方を変えさせるなんて不可能なこと。もう遅いことでもあるし——貴妃は、藍熾にこそ思いのたけをぶつけたいのだろうから。

「姜充媛は、そういうことをなさる前にああなったから——亡くなった人たちには悪いけれど、わたくし、安心したし喜んでいるの」

芳林殿の火災で命を落としたのは、桃児だけではなかったという。姜充媛も、身代わり云々に加えて、放火の罪で死を免れないだろう。

多大な犠牲を伴った事件を嬉々として語る貴妃は、姿かたちが美しいからこそ禍々《まがまが》しく恐ろしかった。

「俺は」

藍熾にとっても、初めて目にする不吉な笑みで、初めて聞いた昏《くら》い想いだっただろう。ようやく紡ぎ出された彼の声は、いつもの傲慢さの影もなく弱々しく擦《かす》れていた。

「淑真——お前を大切に思っている。兵もなく、追われ狙われていたころから、お前は変わらず優しかった。だから報いたかった。ほかの女どもとは違う扱いをした。後宮で安らげるのは、お前といる時だけだった。……なのに、なぜ」

「もったいない御心と、存じてはおりました。けれど嬉しくはありませんでした。わたくしが欲しいものを、貴方は決してくださらない。分かってはいました。分かっていたけれど——思い知らされました」

貴妃は、愛して欲しかった、などとは言わなかった。この期に及んで乞うたところで、叶わないのが分かり切っているからだろう。儚い笑みは、それでもどこか満足そうで——愛する人を十分傷つけ苦しめたことを知って、喜んでいるようにも見えた。

(それとも、終わりにできるから……?)

貴妃と藍熾の関係はこれまでは安定していた。

荒れ狂う内心を抑えて、優しく微笑む日々は辛かっただろう。でも、企みを暴かれ、ここまで心の奥底を晒け出しては、もう以前のようなきょうだい同然の関係には戻れない。

藍熾にとっては受け入れがたいことかもしれないけれど、貴妃にとっては解放なのかもしれない。碧燿にはそう感じられた。

「姜充媛を罪に問うならば、わたくしも、白鷺家も同罪でございます。皇帝陛下を欺いたのですから。いいえ、そうでなくても——わたくしは、貴方の妻でいたくない。形ばかりの貴妃と嘲られることには耐えられない。妃嬪の筆頭の位をいただいておきながら、重大な不義であり裏切りです。罰を受けなければなりません」

少なくとも、藍熾に向けた貴妃の笑顔は、こんどこそ曇りなく清らかで晴れやかなものだった。

「どうか、わたくしに死を賜りますように」

＊　＊　＊

ほどなくして、後宮の記録に一節が加わった。

白鷺貴妃、病を得る。格別の寵をもって、後宮を辞することを許される。

後宮の女は、普通なら死ななければ後宮を出られない。身分高い妃嬪でも、最期に家族に会うこともできなくて当たり前なのだ。

入れ替わりが露見しなかったことからも明らかなように、医者がろくに触れることもできないから、病に倒れたとしてもまずまともな治療は受けられない。幸せに生きて幸せに死ぬ、ということがとてつもなく難しいのが後宮という場所なのだ。

そんな中、この情念渦巻く鳥籠から解放されたのは、確かに格別の待遇ではあっただろう。恐らく、白鷺家に対しては、狂言の懐妊を盾にしての皇帝からの交渉という か恫喝《どうかつ》があったのではないかという気がする。そういった水面下のやり取りも、記録には残らない類のものだ。

「真実を記すということは、起きたことのすべてを記すということでは必ずしもないのですね……」

あまりにも短い一文を何度も読み返しつつ、碧燿は何司令にしみじみと言った。この度の事件をどのように——ひいては、どこまで記録するかについて、この上司には何もかもを打ち明けた上でじっくりと話し合っていた。

「ええ、そうね。碧燿、貴女は初めて知ることになったのかしら」

微笑んで頷いた老女官は、きっと、長年にわたって後宮の妃嬪たちの悲喜こもごもを見守ってきたのだろう。穏やかな声音は優しく労《いたわ》りに満ちて、若く未熟な後輩を包み込むような気配があった。

「……はい。彤史の務めについて、私はまだまだ知らないことばかりでした」

少し前までの碧燿なら、包み隠さずすべてを記録すべきだ、と主張していただろう。けれど、白鷺貴妃のあの笑みを見た以上は、この短い記録は十分に「真実」を述べていると思えた。

(貴妃様《あのかた》は、確かに病んでいたのだもの)

死を願うほどに思い詰めるのも、愛する人を傷つけて悦んでしまうのも、健やかな心の在り方ではない。病むのは肉体ばかりではないのを、彼女はよく知っている。

だから、慣れたいつもの仕事に戻った碧燿は、筆を休めて目を上げた時に、窓の外を飛ぶ宮鴉《きゅうあ》の群れを見ては、思うのだ。

真白い鳥を思わせる、あの美しく気高い方が、いずれ傷を癒してのびやかに羽ばたくことができれば良い、と。

しばらく後――珀雅は、またしても碧燿の前で麗しく微笑んでいた。ふらりと自家の別荘にでも足を運んだかのような、気負いも緊張もない態度である。

まあ、怪我をした義妹の見舞いは、後宮を訪ねる理由としては割と正当なものではある。もちろん、皇帝の覚えがめでたくなければできないことではあるけれど。

「万事丸く収まったな。後宮も風通しが良くなったし、お前の怪我も無事に癒えるとのこと、大変めでたい」

手土産の菓子を卓に広げながらの義兄の言葉に、素直に頷くことができなくて、碧燿はじっとりと目の前の貴公子を睨んだ。

「義兄様……やはり、すべてお見通しだったのでは？　後宮から白鷺家の影響を一掃したことがめでたいと、そう仰っているように聞こえます」

今回の件では、結局のところ巫馬家が漁夫の利を得たのではないかと思えてならないのだ。

皇帝である藍熾と白鷺家の絆は、以前ほど強いものではなくなった。後宮でただひとり皇帝の――愛はなくとも――特別な存在だった貴妃も去った。さらには、自家の娘、つまりは碧燿を皇帝に強く印象付けることにも成功している。

あまりにもでき過ぎではないだろうか。

(分かっていたなら、最初から教えていただきたかったのですが?)

抗議を込めた視線は、けれど、珀雅の輝くばかりの笑顔にはね返されて、まるで応えた様子がなかった。

「白鷺家が焦ってしでかしたことかな、とは思った。手段の詳細はさておき、考えそうなことなら、想像がつく」

あっさりと認めながら、彼が茶を淹れる手つきも淀みない。素早く茶器を渡す手際の良さといい、瞬く間に皮肉っぽい表情を浮かべたことといい、実に的確に碧燿の口を塞いでくる。さすが、義妹の扱いに慣れているだけのことはある。

「男と女がいれば自然とそういう仲になるだろう、と考えたなら浅はかなことだ」

藍熾と白鷺貴妃の関係を、自分たちに重ねたのは珀雅も同じだったらしい。

きょうだいと認識した相手に対して男女の想いを抱くことはない、と――その点、珀雅は白鷺家よりも主君のことをよく理解していたのだろう。

(良い義兄様なのよ。それは、間違いないんだけど)

父を殺され母を亡くし、短い間とはいえ奴隷として扱われた碧燿は、巫馬家に引き取られた当初はひどい有り様だったらしい。

泥沼のような濁った目をして、笑うことはおろか泣くことも、言葉を発することさえなかったとか。自分ではよく覚えていないから伝聞になるのだけれど。

そこを、何を思ったか可愛がり甘やかし倒し、世話を焼いて何とか人間に戻したのが珀雅だった。

『あ、食べた。甘いだろう？　もうひとつ、お食べ？』

だから、碧燿の巫馬家での記憶は義兄の笑顔から始まっている。それと、彼が口に運んでくれた菓子の甘さから。珀雅は、義父と並んで碧燿の恩人なのだ。

優雅な所作で茶器を口元に運ぶ今の彼は、どうにも軽薄で、信用し切れない雰囲気を漂わせてはいるのだけれど。

「だが、後宮の奥を探る手段は限られているし、何より、下手な者が調べても陛下はお聞き入れくださらなかっただろう。白鷺家を追い落とすことで、利がある者が言っても逆効果だ」

「だから私、ですか……？」

「そう。裏も表もない娘だと、すぐに分かってくださるだろうからな」

……それでは、藍熾が鳳凰の記録に目を留めたことさえ、珀雅の思い通りだったようだ。さらには盗難事件にまで発展して、さぞ喜んだのではないだろうか。

（綬帯を取るために、楼閣に登るくらいなんでもなかったのね……）

碧燿の頼みごとが無理難題であればあるほど、彼女の性格を藍熾に見せつけることができたのだから。

何となく、あの時礼を言って損をした気分になりながら、碧燿も茶器に口をつける。茶の芳香で気分を落ち着けてから、指摘してみる。

「……陛下はご傷心なのでしょう。新しい妃嬪など、お考えにはならないと思います」

あの傲慢な皇帝陛下は、きっと臣下に心弱ったところを見せたりはしないのだろうけれど。

家族だと思っていた相手に心を寄せられていたこと。それを拒絶し、その相手と決別しなければならなかったこと。いずれもなかなかに応えることだろう。

(傷心のところに、つけこむ？　……まさか。図々しい)

義父や義兄もそこまでは言わないだろう。頭に過った考えを振り払って、碧燿は続ける。

「それに私は、彤史の務めが――」

「少なくとも、陛下と繋ぎを持っておくのは良いことだろう？　ご威光をお借りすれば、何かとやりやすくなるだろう」

「庇護を得てしまっては、陛下に都合の悪いことがあった場合に筆が鈍ってしまいます。それはよろしくありません」

　彤史として仕えるのはどうか、と仄めかされたのにも首を振って。碧燿は誤魔化すように土産の菓子に手を伸ばした。口の中に広がる甘い香りに、その源をあえて呼んでみる。強い香りは、味わうまでもなく明らかではあったのだけれど。

「肉桂《シナモン》の香りですね」

「好きだろう？」

「はい。ありがとうございます」

　義兄は、本当に彼女の好みを把握しているのだ。ただ——懐かしい甘味は、今は少し苦くもある。

「……貴妃様のところでもいただいたので、ちょっと」

　父を思い出させられたすぐ後に、母の好んだ味を舌に載せた。幼い娘に譲ってくれたのはいったいなぜか——その理由を思い出したのは、炎に巻かれて意識がもうろうとした時、だった。母の言葉の続きが、耳に蘇った——そんな気がしたのだ。

「懐妊中は避けるべき食べ物が多いそうで。肉桂《シナモン》もそのひとつです。母が言っていました」

　父が殺された時、母は懐妊していたのだ。碧燿の弟になるはずだった子が産声を上げることはなかったけれど。無事に産まれていたら、母が生きる気力にもなっていただろうか。

「菓子のひとつやふたつなら良いのかもしれないのですが。どうせ堕胎させられるのだから好きに食べよう、という方には見えなかったので……」

貴女に子供ができた時に、思い出してね。

そう言って、娘に菓子を食べさせてから、口元を拭い、頬を撫でていく。その、母の指先を感じた気がして、碧燿は顔を両手で包み込んだ。

何という非礼だろう、白鷺貴妃は、母を重ねるほど年上の方ではない。

(お伝えしておけば良かった？　優しい方に見えたから、って……)

だからこそ違和感を持ったのだ、と。でも、碧燿の目からどう見えたかなどと、あの方には何の慰めにもならないだろう。

「それでは、母君が教えてくれたようなものなのだな」

「はい」

「危険なことをされては、泉下《よみのくに》で休まれる暇もあるまい。……ほどほどに、するように」

「……はい」

母を引き合いに出されては強情を通すわけにはいかず、碧燿は大人しく頷いた。

「まあ……今回は特別でしたでしょう。私も、陛下が仰るところの些事の担当に戻りましたし。陛下を欺く陰謀など、そうそう起きないでしょう。というか、義父様と義兄様がそのようになさってくださるのですよね？」

「そうだな。むろん、そのように努めるとも。私のほうでは、な」

義兄の綺麗な笑顔が、どこか胡散臭いのはいつものことだ。だから、碧燿は深く考えなかった。義妹から釘を刺されて、さすがに少々痛かったのだろう、ていどにしか思わなかった。これで、平穏な日々が戻るのだ、と。

その時は、信じていたのだ。

＊＊＊

さらに数日後、碧燿は墨痕《ぼっこん》いまだ乾かぬ書簡の上で、頭を抱えていた。袖に墨がついたかもしれないけれど、構う余裕はなかった。彼女の手元に影を落とす、長身の人物を前にしては、頭を抱えずにはいられなかった。

「……どうしていらっしゃるのですか」

「いて悪いか？　俺を何者と心得る」

初対面の時に苛立ちと共に発した言葉を、今度は揶揄《からか》う響きで再び繰り返したのは、二度と会うことはないと思っていた藍熾だったのだ。

してやったり、の喜びに煌めく深い青の目を見れば、珀雅はすでに承知していたことが察せられる。次に義兄に会ったら文句を言わなければ、と決意すると同時に、碧燿は密かに思う。

（……割と元気そうじゃない……！）

白鷺貴妃と決別して、傷心中ではなかったのか。それは、碧燿が勝手にそうだろうと思っていただけのことだし、女官風情に弱みを見せるような方ではないのだろうけど。

「……重々心得てはおりますが、だからこそ軽々しく口にできません。……どうして、そのような格好でいらっしゃるのですか」

質問の内容を増やして、もう一度問う。藍熾は、これまた最初の時のように、下級の官の格好をしていた。また記録を誤魔化して抜け出したのだろう。碧燿の職務に対する挑戦だろうか。

「使えるものは使う、と言っただろう。お前を遊ばせておくなど損失だ」

「遊んでいるわけではございません」

神聖な職務を軽んじられて声と視線を尖らせるのも、以前にもやったことだった。もちろんあの時と同様、彼女の抗議が顧みられることはない。せめてもの抗議に座ったままの彼女に対し、藍熾は直立した高みから一方的に宣告してくる。

「言葉遊びをしている暇はない。お前の主義は理解したから、彤史の役は取り上げぬ。空いた時間で外朝に参じれば良い。今は整理の行き届かぬ書類が山とあるのだ。男装なのもちょうど良いし、珀雅も喜ぶ。何かあれば呼び出す暇を省ける。何も問題は——」

けれど、藍熾の言葉の途中で、碧燿は耐え切れなくなって立ち上がった。強い意志を湛えた青い目が、近い。

皇帝に詰め寄るのは重罪に当たるかもしれないけれど——高貴な御方がこんな場所にいるはずがない。いない、いない、ことになっているはず。だから遠慮せずに物申す。

「あの！　問題は、大ありです！　私も暇ではございませんし、彤史の務めとは、後宮の記録であって——」

「真実を記すことではなかったのか？」

「……はい。仰せの通りです」

……物申すつもりが、怪訝そうに首を傾けられて、頷いてしまう。

（覚えていたんだ……）

正直に言って、多忙と傲慢を極める皇帝が、彼女の言葉をいちいち記憶しているとは思っていなかった。けれど、それを言われては否定することは碧燿にはできはしない。

「進御の記録を命じるのはさすがに憚りがあろう」

「当たり前です！」

夜伽の記録は、閨でのやり取りも含まれるのだ。他人の閨を覗き見るなど、それを若い娘に命じるなど、考えられない、あり得ないことだ。

「で、あろう。だから外朝に、と言ったのだ。お前は目端《めはし》が利くようだから、余人では気付かぬことを見つけられよう。そうして分かったことを、思う存分記せば良い」

当然のようにのたまう藍熾に、珀雅に告げたことを繰り返しても良かった。皇帝の庇護下にあっては真実を記す筆が鈍る、と。でも――

（この方は、私の言葉を容れてくれた。罰することもしなかった）

　大切な白鷺貴妃を、後宮から追うことになった原因とも言えるだろうに。八つ当たりの的にすることもできただろうに。耳に痛い言葉だからこそ口にする者は貴重なのだと――炎から救われたあの夜に言われたことを、信じても良いのだろうか。

（たまたまかもしれない。巫馬家への遠慮かもしれない。この先も変わらないとは誰にも言えない）

疑う理由は、いくらでもあった。高貴な方々にとって、碧燿のような者の命はごく軽いのだ。いずれ、彼女も父のように死を賜ることになるかも。

迷い揺れる碧燿の内心には構わず、藍熾は、彼女の鼻先に白い板状のものをぶら下げた。象牙《ぞうげ》を四角く平たく切り出したもののようだ。

「尚書司の何司令にはすでに話をつけた。これがあれば、後宮と外朝の出入りは自由だ。良きように使え」

象牙の牌《はい》には、龍を模した紋様が枠を作る中に、こう刻まれている。

彤史巫馬碧燿に、皇帝の名においてこの牌を授ける、と。

確かに、これを帯びている限り、碧燿は常に皇帝の意を受けていることになる。誰も妨げることはできないだろう。

あまりにも強い権限を無造作に渡されて、碧燿の声も、受け取る指先も震えた。

「……はい。謹《つつし》んでお受けいたします。光栄でございます」

権力者というものへの疑いは、尽きないけれど――でも、構うまい。藍熾は、直々に姿を見せてまで碧燿が記す真実を求めてくれた。少なくとも、今のところは。この先ずっと変わらないという確信は、まだ持てないけれど。万一の時は、義父や義兄が逃げる時間くらいは稼いでくれるのではないだろうか。

「色々と、煩いことも申し上げるつもりです。心してくださいますように」

「口の減らぬことだ。だが――その調子だからわざわざ迎えに来てやったのだ」

警戒たっぷりの碧燿の内心を知ってか知らずか、藍熾はふてぶてしく傲慢に笑った。

四章　幽鬼《ゆうれい》の警告

後宮と外朝を隔てる昭陽門《しょうようもん》を抜けると、珀雅《はくが》の輝くような笑みが碧燿《へきよう》を待っていた。

「今日も可愛い義妹《いもうと》に会えるとは嬉しいことだ。さあ、清文閣《せいぶんかく》まで送って行こう」

門番に示した象牙製の通行証を懐にしまいながら、碧燿は呆れの溜息をこぼす。

「義兄様《にいさま》……暇なのですか？　外朝にも慣れましたし、もう迷うことなどないのですが」

碧燿が、三日に一度くらいの頻度で外朝に参じることになって、もうひと月余りが過ぎている。

それは、最初は慣れない上に広大な外朝の敷地と、そこにひしめく威厳ある建物の数々に緊張したけれど、碧燿だって子供ではないのだ。

仕事なのだし、ひとりで職場に辿り着くのは当然のこと。義兄がほぼ毎回のように付き添おうとするのは恥ずかしいし、公私混同しているようで落ち着かない。

「お前に悪い虫がつかぬように牽制するのは大事なことだ。――しかしまた、色気のない格好を。新しい衣装は受け取ったのだろう？」

厳めしくも煌びやかな将軍の装いで、颯爽と肩で風を切って歩く珀雅は、義妹の苦言に耳を傾けてくれる気配はなかった。

「せっかく選んだのに、着てもらえないのでは衣装も悲しかろう」

「色気のある格好のほうが、悪い虫がつきかねないでしょうに」

端から矛盾する義兄のもの言いに、碧燿は呆れ返った。

「墨で汚れる上に、埃に塗れるお仕事ですよ？　それこそ、絹や刺繍が気の毒というものです。外朝では女の姿は目立ちますし」

碧燿の格好はというと、後宮にいる時と変わらない男装だ。ひとつに編んで下げた赤い髪を除けば、珀雅よりも飾り気がないくらいかもしれない。生地の色だけは、女らしく柔らかな色合いにしているけれど。

（だって、私は官ではないのだから、紛らわしい格好はできないし……）

何しろ、官の服装は序列によって色が決められている。紫、緋色、緑に青。そして、高位の者ほど精緻な刺繍や眩い玉帯によってその威厳を示すことになっているのだ。彤史《とうし》――後宮の女官が男の官とまったく同じ装いをしては、外朝の規律を乱すことにもなりかねない。

何かと気を遣う義妹の心中など知らぬ顔で、珀雅は悪びれずに笑うだけだ。

「目立って良いのに。陛下が外朝にまで召す美姫と、評判になれば――」

「義兄様！」

既成事実で義妹を皇帝の寵姫《ちょうき》に仕立てよう、という悪だくみが聞こえた気がして、碧燿は小声で義兄を叱った。

そうこうするうちに、ふたりは清文閣に着いていた。

清文閣は、夏天《かてん》の全土から集まった奏上《そうじょう》や、法律の草案、諸々の決裁を保存し、後々はしかるべき形に取りまとめるための部署だ。とはいえ、あの太皇太后の独裁時代には握り潰された文書も多く、藍熾《らんし》の御代《みよ》になってからも、国土の復興に挙兵の論功行賞にと目前の課題が優先されてきたため、紙と竹簡と木簡が山積みとなって、どこに何が埋まっているかも分からない有り様だ。

近ごろ、ようやく過去の記録の整理に手をつける余裕が出て来たとのことで――だから、清文閣に勤める官は、猫の手も借りたいほどに多忙を極めているのだ。後宮からの小娘の助っ人も、歓迎されるほどに。

清文閣の書庫は、古びた墨の、乾いた匂いが心地好い。碧燿が夢のような空間に足を踏み入れると、書架や積み上がった書簡のそこここから、青衣の下級官吏たちがひょこひょこと姿を現した。

「お待ちしておりましたぞ、碧燿様」

「今日は建平城《けんぺいじょう》の戦いについての記録を検証したく」

「姫君がいらっしゃると仕事が捗りますからなあ」

実のところ、彼らも最初は小娘を同僚として迎えることに戸惑いや、何なら不満も見せていた。

けれど、ここでも実父の逸話が碧燿を助けてくれた。あの巴公《はこう》氏の娘なら記録を疎かにはしないだろう、と信用してもらえたのだ。

その後は、碧燿自身が──良くも悪くも──細かいところが気になる質《たち》なのがすぐに判明したことで、彼女の目や意見もそれなりに重宝されるようになった、と思う。記録の齟齬《そご》や矛盾を指摘しても面倒がられることなく、それどころか生き生きとして検証に議論を戦わせることができる環境というのは楽しくて──だから、藍熾の強引な命令にも感謝しなければ、と思い始めたところだった。

「碧燿。私は陛下の御前に伺わねばならぬ。帰りはまた送っていくから、ひとりで帰ってはならないぞ」

「はい、義兄様。陛下によろしくお伝えくださいませ」

なので、義兄を送り出すのもそこそこに、碧燿は浮き立つ思いで書簡に向き合った。今日の課題である建平城の戦いは、藍熾が帝位を得る途上の中でも重要な局面のひとつ。将来は国史にも記され、何百年も何千年も語られるかもしれない記録だけに、心せねば、と思ったのだけれど。記録にたびたび登場する、見覚えのあり過ぎる名前に、碧耀はすぐに眉を顰めた。

巫馬《ふば》将軍が。巫馬将軍の。巫馬将軍により。

中には義父を指した記述もあるけれど、ほとんどは義兄の巫馬珀雅について語ったものだ。

「もしや——義兄《あに》は、自分の活躍が載っているところを集めさせたのではないでしょうね……？」

義兄とぐるになっているのでは、と。碧耀は疑いを込めて清文閣の官たちをじっと見回した。

「まさか。偶然でしょう」

「お若くして宣威《せんい》将軍の位を賜ったくらいですからな」

「将軍のお名前が出るのは、何も不思議ではありません」

碧耀の勘繰りを笑いながら、彼らは興味津々の体で身を乗り出した。

「巫馬将軍なら、陛下のご活躍こそを妹君のご覧に入れたいと思うでしょうな」

「うむうむ。あの忠臣ぶりでいらっしゃるし——」

「姫君のお気持ちは、いかがなのです？　陛下にはもっと文にも目を向けていただきたいものなのですが」

　さほどかかわりがない文官にも、義兄の人となりがかなりバレてしまっているらしい。しかも、藍熾と碧燿の関係について、妙な邪推というか期待というかをされているような気がして、碧燿は顔を引き攣らせた。

「さあ……私は、女官に過ぎませんから。その、陛下のお心を安らげることのできる御方がいらっしゃれば良いとは、常々思っているのですが……」

　白鷺《はくろ》貴妃が去った後も、藍熾の後宮での振る舞いは相変わらずだ。

　つまりは、序列に従って妃嬪《ひひん》を順番に召すだけ。それも、さほどの頻度ではない。宴が催されるとしても、妃嬪たちの気晴らしのためであって、決して、皇帝が彼女たちを品定めするための場にはならない。

　姜充媛《きょうじゅうえん》の醜聞と、白鷺貴妃の辞去が後宮を賑わせたのもほんの一時のこと。美姫を数多閉じ込めた豪奢な鳥籠に、また不満や鬱屈が溜まり始めているのが、住人である碧燿にはありありと感じられる。

　だから、貴妃に代わって後宮を治められる貴婦人が現れれば、と思うのだけれど──藍熾の心中を思うと、それはまだ難しいのだろうか。

　その日、後宮に帰る前に、碧燿は藍熾に召し出されるという栄誉にあずかった。

宿直の者以外は、官は日没前には皇宮を辞するものだ。空は赤く暮れつつある時刻だったけれど、皇帝ともなるとまだ政務から解放されないのだろう。長身を書類の山の間に窮屈そうに押し込めた藍熾は、うんざりしたような顔つきをしていた。

「清文閣の者から、仕事が順調で喜んでいるとの報告があった。褒めてつかわす」

「恐れ入ります。あの、私の力など微々たるものですので、ほかの方々にも御言葉を賜りますように」

どうやら気分転換の息抜きに呼ばれたらしい、と判じながら、碧燿は恭しく揖礼《ゆうれい》した。

ひと言で済みそうなことのために茶菓を供し、珀雅も同席しているということは、政務は一時中断しているのだろう。なお、珀雅は書類仕事には無縁なのだろう、疲労の翳《かげ》りのまったくない微笑で、上質の茶の香りを堪能しているようだった。

(休憩の口実だとしても、わざわざ声をかけてくださるなんて、意外……)

皇帝というものは、下々は蟻《あり》のように身を粉にして働いて当然、と考えているのだとばかり思っていたのに。

「無論、職務に忠実な者には褒美を取らせる。が、お前は正式には後宮の女官だからな。外朝の官と同じ形式で労《ねぎら》うことができぬのだ」

「私は、褒美など──」

要らない、と言いかけて、碧燿は思い直した。

（これは、良い機会かも……！）

皇帝に直言できる場は、そうそうあるものではない。それも、お褒めの言葉をいただいた流れなら、少しは差し出がましいことを言っても良いのではないだろうか。

「――後宮に仕える者のことを慮《おもんぱか》ってくださるなら、今少し足を運んでいただけませんでしょうか……？　外朝でお休みの日も多いと伺っております。せめて陛下のお姿を間近に拝見すれば、皆の励みにもなりましょう」

後宮は、本来皇帝の私的な「家」であるはずなのに、藍熾がそこで過ごす時間はあまりに短い。

仕える者のやる気なんて、ただの口実だった。後宮で寵姫を見初めて欲しい、という本音を正しく聞き取ったのだろう、藍熾は苦々しく皮肉っぽい微笑を浮かべた。

「後宮で過ごすのは、今や公務のうちだ。お前は、俺に昼夜の区別なく精勤しろというのか」

かつての碧燿なら、迷いなく頷いていたかもしれない。それが皇帝の務めだろう、と。でも、白鷺貴妃とのやり取りを見た後では、そうはいかない。

（私が家名で判断されたくないのと同じこと。皇帝陛下にも、お立場だけではない、お気持ちもあるということよね……）

義務感で好きでもない女と共に過ごす藍熾にとっても、そのように扱われる妃たちにとっても不幸で残酷なことなのは、分かってしまう。

「……いえ」

碧燿が目を落とすと、藍熾の溜息が茶の水面を揺らすのが見えた。彼女が早々に引き下がって、安心した気配さえある。

「寵姫を作れという者が多いのは、理解はしているが。──そうだな、この際お前の意見を聞きたい。後宮を任せられそうな妃嬪はいないのか。見目はどうでも良いが、性格は──気立てが良いとまでは言わぬ、他者を虐げたり陥れたりすることなく、女官や宦官たちを取りまとめられそうな者は？」

寵姫候補を推薦しろ、と言われて、碧燿の背に冷や汗が浮かぶ。会ったことのない方々も多いし、彼女の耳に届く評判が真実とも限らない。

あの姜充媛だって、見た目は儚げな美姫だったのだ。嫌がらせをしたとかされたとか、何か盗んだとか盗まれたとか、噂でしかないことを迂闊に皇帝の耳には入れられない。

「私の一存ではお答えいたしかねます。陛下ご自身で確かめられるのがよろしいかと……」

「そこまで暇ではない」

　一応は粘ってみた碧燿を、藍熾は、短く素っ気なく一蹴した。これ以上は無理か、と。諦めた碧燿が茶を啜ろうとした時──藍熾はふと首を傾げた。

「では、別のことを聞こう。最近、後宮で何か騒ぎはなかったか？　先の鳳凰の件のように、お前が真実を解き明かしたことは？」

　言われて思い当たる事件めいたことは、いくつかあった。とはいえ、これも簡単に口にはできない。世間話の振りで、藍熾は何かしらをしでかした妃嬪の情報を得ようとしているのだろうから。

（陛下に言える話と、いえば──）

　数秒の間、必死に考えた末に、碧燿はどうにか当たり障りのなさそうな話を思い出した。藍熾の興味を惹けそうで、かつ、被害者も加害者もいない話を。

「あえて言うなら──芳林殿《ほうりんでん》跡に幽鬼《ゆうれい》が出る、という話はございましたね……」

「幽鬼？」

　怪訝そうに呟いたのは、珀雅だった。ここまで黙って見守っていたけれど、唐突にも思える単語を聞き咎めたらしい。

（義兄様は、幽鬼なんて信じないものね。私も──たぶん陛下も、そうだけど）

　でも、幽鬼の噂に怯え騒ぐ者は多い。だから、大真面目に彤史に記録させようとする者も出てくるのだ。

「後宮にはよくある話です。私も最初は見間違いだろうと思ったのですが――」

ほんの数日前の出来事を振り返りつつ、碧燿は語り始めた。

＊　＊　＊

姜充媛の放火によって焼け落ちた芳林殿は、再建に向けて工事が進められている最中だ。

宦官だけではできない専門的な作業になるから、今回ばかりは男の職人や工人が後宮に招き入れられている。

もちろん、彼らは後宮の女たちとの接触は厳重に禁じられ、かつ監視されているし、高貴な妃嬪は下世話な好奇心を露にしたりはしない。けれど、宮女や侍女は覗き見しては、見た目の良い職人やら、彼女たちには物珍しい工具やらの話を女主人に報告しているとのことで、芳林殿跡の周辺は、目下、後宮の中のちょっとした観光地のようになっている。

けれどそれも昼間だけのことだ。しかも、実のところ工事はまだ始まってもいない。まずは焼け焦げた木材を撤去するところから始めなければならないからだ。

よって、夜ともなると芳林殿跡には人の気配も灯りもなく、何人もの命を奪った火事の残骸が闇に佇む、暗く恐ろしげな場所と変じるのだ。だから訪ねる者もいなくなる——かというとそうでもなく、肝試しに出かける者がいるらしい、とは碧燿も聞いていた。

季節はいよいよ夏になっている。どうせ見物に出かけるなら暑さが和らぐ夜のほうが、という発想も出るだろうし、何かしらの影に怯えることができたなら、存分に涼気を味わうこともできるだろう。

（気の弱い人が無理強いされていたなら、気の毒だけど——）

でも、彤史である碧燿のもとに押しかける気力があったその宮女たちについては、無用の心配のようだった。

『女の幽鬼が出たの！　本当よ！』

『落ち着いてください。幽鬼などいるはずがありません。何かの見間違えでしょう』

その女たちは、仲の良い者同士の怖いもの見たさで、夜の後宮の散歩に出たのだとか。

人死にも出た芳林殿の跡地に足を踏み入れる勇気なんてあるはずもなく、遠目に見るだけで帰るはずが、夜目に浮き上がるような白い人影を見て、押し合うようにして逃げ出したのだという。

『はっきり見たもの！　姜充媛に殺された宮女がいるんでしょう⁉　焼け死んだ人た

ちも――きっと、怨みを訴えようとしているんだわ！』

一睡もせずに抱き合い震え合って夜を明かしたという翌朝一番に、彼女たちは碧燿のもとに押しかけたのだ。目の下にはっきりと隈を刻んだ女たちに取り囲まれた碧燿こそ、幽鬼に襲われた気分だった。

とはいえ、それはあくまでも喩えの話。幽鬼の実在について、碧燿の意見は変わらない。

『幽鬼などいません。いるなら、後宮の至るところで幽鬼騒ぎが起きています』

虐められて自ら命を絶った者、罪を着せられて死を賜った者、嫉妬や怨恨によって毒を盛られた者。老いた者や病を得た者が打ち捨てられるのもよくある話だ。

後宮には、非業の死を遂げた者が数知れず眠っている。幽鬼が存在するなら、もっとそこら中で見かけるはずだ。碧燿だって、会えるものなら亡き母に会いたい。

『でも――』

不服げな宮女たちは、論理的な説明など望んでいなかったのだろう。碧燿を怯えさせることで自分たちの恐怖を薄めたいとか、そのていどのことだったはず。彤史に記録させることで怪談話に信憑性を与え、多くの者に広めて注目を浴びたい、なんて魂胆もあっただろうか。

(そんな無責任なこと、できるはずがないでしょうに)

幽鬼なんて、鳳凰以上に見間違える原因がいくらでも考えられるだろう。噂話を真に受けてそんなことを記録しては、碧燿は先人たちに顔向けできない。何司令《かしれい》にだって叱られるだろう。

よって、碧燿は溜息を吐くと宮女たちにずいと詰め寄った。

『では、私が見て確かめてきます。何時ごろ行かれたのです？　月の高さは、風向きは？　雲は出ていましたか？』

『え……？』

面倒なことになった、と言うかのように、相手がたじろいでもお構いなしだった。下手に碧燿に話を持ち込むとこうなるのだと、それこそ噂して欲しかった。

月が沈む深更《しんこう》──碧燿は、自室から抜け出して芳林殿跡を目指した。

あの宮女たちは、星明かりの下、ひとりが持つ灯火だけを頼りに肝試しを楽しもうとしたのだとか。碧燿だけで同じ光量を再現できるのは幸いだった。

幽鬼の噂が広まったのかどうか、今宵は夜中に出歩く者はいないようだった。碧燿の耳に届くのは、風が草葉をそよがせるさざめきと、微かな虫の声だけ。月の光も冴え冴えとして、昼間の暑気を洗い流すよう。この心地好い涼しさなら、出歩きたくなるのもまあ分かる。

とはいえ、碧燿はあくまでも幽鬼騒ぎの検証のために出向いているのだ。

（幽鬼と見間違えそうなものは、ない、かな？　隠れる場所は結構ありそうだけど……）

芳林殿のかつての建物の名残は、焼けた柱が何本かだけ。崩れ落ちそうな燃え残りは、早々に撤去されている。例の炎は庭園にも損害を与えたから、木の影や白い花を見間違えた、ということはなさそうだ。

一方、建て直すための資材はすでにそれなりに搬入されているし、殿舎の間を隔てる塀は無事だったから、人が隠れる余地は十分にある。闇に紛れて息を潜め、訪れる者を驚かそうというなら——

（あの辺り、かな……？）

見当をつけて目を凝らしていてもなお、それは不意に碧燿の目の前に現れた。少なくとも、彼女にはそのように感じられた。

白い紗を頭から被った人影が、そこにいた。見るからに華奢で儚げな佇まいの、女。怨みや嘆きを抱いて死んだ者がさ迷い出たらかくや、という風情は、話に聞いていた通りのものだ。

（幽鬼……じゃ、ない！　生きた人間……！）

さすがにどきどきと高鳴る心臓を押さえて、碧燿は自分に言い聞かせた。

音もなく宙から現れたように感じられたのは、錯覚だ。闇に沈んだ塀の陰に死角がありそうなのは、暗くても分かる。

幽鬼なら纏った衣装が夜風に揺れるはずはない。何より、碧燿が灯火を向けると、その女の影がしっかりとはっきりと塀に落ちた。実体がある人間であることの、動かぬ証拠だ。

『……こんばんは』

『はい、こんばんは』

慎重に声をかけると、あっさりと返事が返ってきて碧燿は一瞬絶句した。わざとらしい泣き真似とかで脅かそうとするなら、駆け寄って捕まえてやろうかとも思っていたのだけれど。

(……たまたま散歩していただけだったとか？　まさか、ね……)

見れば、その女が白い紗の下に纏うのは、浅黄色《あさぎいろ》の交領《あわせ》の衫《ブラウス》に、青と薄青、紅色を交互に縦縞に配した裙《スカート》。──つまりは、死者を送る時に着せる白衣ではない。後宮の女の、ありふれた日常着でしかなかった。

夜風に当たって物思いに耽る者、宦官と密会をする者もいないことはないけれど、人が亡くなったばかりの場所をあえて選ぶとは思えない。

ともあれ、話が通じないことはなさそうだ、と分かったのは良いことだった。灯火を掲げ、その女にじりじりと歩み寄りながら、碧燿はできるだけ丁寧かつ冷静に呼び掛けた。

『昨夜もここに来られていましたよね？　見た人が、幽鬼だと怯えています。後宮の中とはいえ、夜に出歩くのは危険かと。控えたほうがよろしいかと思います』

何らかのわけありではあるのだろうか、碧燿が近づいた分だけ、その女は退いた。それでも、紗越しであっても、顔を合わせて視線を交わせば、整った繊細な顔立ちであるのは明らかだった。妃嬪であってもおかしくない、とは思ったけれど、実際そうかは分からない。後宮には、碧燿が知らない女が多過ぎるから。

美しいということしか分からないその女は、碧燿に婉然《えんぜん》と微笑みかけた。

『私は——貴女様を待っていました、巴公氏の姫君』

『……は？』

本当の出自で呼ばれて、碧燿は思わず足を止めた。

多くの者は、彼女のことを巫馬氏の養女として認識している。実父のことを秘密にしているわけではないけれど、藍熾の信任篤い義父や義兄を差し置いて挙げられる名ではないと思う。

（この人は、いったい……？）

碧燿の怪しむ気配を察したのか、幽鬼の女は唇に優雅な弧を描かせた。わざわざ紅を差していることも、この女が生者であることの証明だった。

『暗い中におひとりとは、貴女様こそ危険な真似をなさる。予想してお待ちしていた私が言えることではないのでしょうが』

『……私に何の御用でしょうか』

碧燿は相手のことを何も知らないのに、相手は彼女の気性までも把握しているらしいのが、落ち着かなくて不愉快だった。

不確かな幽鬼騒ぎを起こせば、碧燿は真実を確かめようとする。ほかの者は怖がって躊躇うところ、ひとりでも迷わずやってくる——碧燿は、まんまとこの女の意のままに呼び出されたらしい。

不審と不機嫌を滲ませての問いかけに、女は忍び笑いで答えた。やや低い声は柔らかく、そして同時に不思議な艶があった。

『我が身を顧みずに真実を追われる姫君へのご忠告です。——父君の轍《てつ》を踏まれぬよう、くれぐれもお気をつけて』

その、奇妙な色気を帯びた声で、謎めいたことを囁いた——かと思うと、幽鬼の女は素早く闇の中に消えていったのだった。

碧燿が語り終えた時、空の色は夕暮れと夜の狭間の薄紫色に染まりつつあった。幽鬼と対峙した真夜中よりはまだ明るいから、何となく安心する。藍熾も珀雅も、幽鬼を恐れる風情などまったく見せないからでもあるのだろう。

「――で、その幽鬼の正体は何者だったのだ」

「分かりません。少なくとも、幽鬼ではないということしか、まだ」

首を振る碧燿に、藍熾は挑発するような笑みをちらりと見せた。

「お前にも分からないことがあるのか」

「不確かなことは申し上げられませんから」

鮮やかな謎解きを聞きたかったのに、と言われた気がして、碧燿は苦笑した。期待に沿えなかったのは申し訳ないけれど、幽鬼騒ぎの蓋を開けてみれば生きた人間だった、というのは一応の真実だと納得していただくしかない。

話している間に、茶は冷めてしまっていた。けれど、疲れた喉には温《ぬる》いくらいがちょうど良かった。

「工事の最中の場所に、それも夜中に足を踏み入れるのが危険なことは、まあ確かで

＊
＊
＊

しょう。ですから、宮闈局《きゅういきょく》に夜間の警邏《けいら》の強化を進言いたしました」

「何重にも守られた後宮で肝試しとは愚かなことだな。何も勇気の証明にはならぬだろうに」

頷いて菓子を摘まみつつ、藍熾が女たちに向けるのは例によって辛辣な言葉だった。

「それはまあ、戦場の緊張感とは比べものにならないのでしょうが……」

昼間の清文閣でのやり取りを思い出して、碧燿は藍熾が戦いに身を置くところを思い浮かべようとした。太皇太后の暴政に抗って挙兵した英雄も、敵の刃が迫ってひやりとしたことがあったりしたのだろうか。

（義兄様と、どんな風に戦ったんだろう？）

珀雅は、自身についても主君についても、それはもうたくさんの自慢話を聞かせてくれたはずだ。なのに今ひとつ碧燿の記憶に残っていないのは、かつては権力者というものに興味を持てなかったからだろう。

それが、今になって藍熾の過去が気になりだしているのは——義兄や官たちが邪推するように、浮ついた気持ちでは決してない。意外と話が通じると分かったから、主君として期待しているからだと思う。それ以外では、ないはずだ。

「後宮の女たちは、それだけ刺激に飢えているのですよ。今回は、平和なほうです」

藍熾の心中を慮《おもんぱか》るようになったからこそ、だから皇帝のお召しという刺激を、とはさすがにもう言えなかった。

皇帝だからといって、常に公人として世のため人のために振る舞え、というのは酷な話ではある。

嫌がらせや足の引っ張り合いにいそしむのではなく、肝試しで発散するのは別に悪いことではない。幽鬼を見た気になって、それを真実として記録させようとさえ、しなければ。

と、珀雅がこつ、と音を立てて茶器を置き、碧燿の注意を惹きつけた。

「だが、その幽鬼の女が言ったことは不穏だな？　お前が父君の轍を踏むなどと――どうも、不吉な」

「そうですね、義兄様」

幼くして死に別れた実父の、もはや朧《おぼろ》な面影を思い浮かべて、碧燿は眉を寄せた。

実父は、独裁者の罪を糾弾して死を賜ったのだ。その轍を踏む、すなわち同じようなことが起きる可能性があるとしたら――

「何か、隠された真実、糾弾されない罪があるということかもしれません。あの女性が何を言おうとしていたのか。どの殿舎に仕える宮女なのか侍女なのか、それとも妃嬪なのか。それとなく調べてみたいと思っています」

「違う、そうではない」

碧燿は大真面目に答えたというのに、珀雅は脱力して頭を抱えた。

（お茶を零してしまったら大変なのに……）

はずみで茶器が倒れたら、皇宮の卓に使われる最上級の木材に染みを作ってしまうかも。藍熾の衣装を汚してしまうかも。何より、機密の書類が積み上がっているのだろうに。

碧燿の心配を余所に、珀雅はばん、と掌を卓に叩きつけ、磁器が触れ合う澄んだ音を奏でさせた。

「お前の父君も母君も、父上も私も！　お前のことが心配でならぬのだ。夜中に出歩いたのはお前も同じなのだろう？　それも、ひとりで！」

「はい。ですが幽鬼はいないのですから――」

「代わりに、怪しげな者に出会ったのだろう」

幽鬼の女は、怪しくはあっても危険ではなさそうだった、というのが碧燿の見解だった。会話もできたし、乱暴な真似もされなかった。

ただ――それは結果論だというのも、分かる。後宮に男はいなくても、宦官の中にも屈強な者はいるし、女でも徒党を組めば碧燿を捕らえたり害したりすることはできただろう。

「お前の気性は分かっている。だからやめろとは言わぬが、せめて私や陛下がいる時にしなさい」

押し黙った碧燿を前に珀雅は深々と溜息を吐いた。ようやく気付いたか、と言いたげだった。でも、だからといっていちいち付き添いがいなくてはならない、というのはまるで子供扱いではないか。

「義兄様がそう何度も後宮に足を踏み入れるのはよろしくありません。それに、陛下を煩わせるのも畏れ多いことです」

実質的に何もするなということなのか、と。碧燿が唇を尖らせて抗議すると、藍熾が横から口を挟んだ。

「良からぬ陰謀があるなら、俺が出向くことに何の異存もない。遠慮せずに声をかけると良いぞ」

……助け舟というよりは、娯楽の種を期待されているような気がしてならなかったけれど。

(でも、陛下にも息抜きが必要、なのでしょうね……)

皇帝の務めというのも楽なものではなく、思いのままに振る舞える機会もごく少ないのだろうから。真実を追及する、明快な裁きを下すというのは――何というか、気分が良いものだろう。

「陛下、義妹《いもうと》を甘やかしては――」

「もったいない御言葉です。進展がありましたら、ご報告いたします」

なので、碧燿は心配顔の珀雅を遮って、にこやかに言った。藍熾に対して、丁寧に拝礼しながら。顔を上げるついでに、義兄にちくりと反撃するのも忘れない。

「陛下の御言葉もございましたから、やはり調査は進めようと思います。もちろん、十分気をつけますが」

「……本当に、気をつけるのだぞ。お前は夢中になると周囲が見えなくなるからな」

珀雅が、整った顔を憂いに曇らせるのは、一応はもっともなことだった。義兄の信用を失うだけの前科を重ねてきた自覚は、碧燿にもある。

「この後はひとりで帰れるか？　私が付き添って――」

「帰れますから！　義兄様は、陛下のお手伝いをなされば良いではないですか！」

でも、藍熾の御前で過保護ぶりを発揮されるのは恥ずかしくて仕方なかった。この皇帝は人が悪いから、兄妹のやり取りを面白がって笑っているのだ。

珀雅を藍熾のもとに置き去りにして、碧燿はひとり後宮に戻ることにした。

戦場で苦楽を共にした義兄は、皇帝にとって貴重な気の置けない存在ではあるらしい。政務の煩わしさは変わらずとも、珀雅が傍にいるのはたぶん彼にとって良いことだ。ちょうど揶揄う理由を目の当たりにしたところでもあるし、義兄にはせいぜい玩具になっていただきたい。

（そうしたら、兄馬鹿ぶりも少しは収まらないかしら……？）

たぶん無理だろうな、という諦めを感じつつ足を急がせる碧燿を、人影が遮った。

「巴公氏の姫君でいらっしゃいますな」

「はい。然様でございますが……？」

瞬く碧燿の目に映るのは、鮮やかな緋色の官服だった。つまりは四品《しほん》から五品《ごほん》、各衙門《がもん》の実務を統括する辺りの役職にある者だろう。先日の幽鬼の女とは比べ物にならない、身元確かな怪しくない者のはずだった。

（……誰？）

けれど、知らない人物に突然話しかけられる不審さに、碧燿は身構えずにいられなかった。彼女の緊張を解《ほぐ》そうというのか、恰幅の良い壮年のその男は、にこやかに笑んだ。

「貴女様を見込んで、是非にお願いしたいことがあるのです。ようやくお声がけが叶って、大変嬉しく思っております」

「あの、本当に私に、なのでしょうか。義父《ちち》や義兄《あに》ではなく？」

どうも最近、立て続けに巴公氏の姫、と言われるのも不可解だった。

碧燿の実父は確かに高名ではあるけれど、とうに亡くなって——殺されている。今の皇宮で彼女に話しかけるとしたら、義父や義兄との繋がりを求めるのが自然だろうに。

なのに、緋色の官服の男は、声を潜めて碧燿に囁くのだ。

「巫馬家の方々には、何というか申しづらいことなのです。が、あの父君のご息女であれば、養家への遠慮で目が曇ることもないと信じております」

珀雅のお説教を忘れたわけでは、もちろんなかった。けれど、数秒の間迷った末に、碧燿は頷くことにした。

「……内容を伺わないことには、何とも申せませんが。父に顔向けできないことは決してしないように、とは心掛けております」

ここは皇宮で、相手にも立場がある。碧燿が後宮に戻らなければ騒ぎになるのは確実で、だからそうそうおかしなことはされないだろう。

何より――

（幽鬼は、これを見越して言っていたの？　あの女性が警告したことが、早速動き出そうとしている……？）

何かしらの悪事が企まれているとしたら。碧燿の出自ゆえに、その一端を窺い知る機会が向こうからやってきてくれるのだとしたら。

見過ごすことはできなかった。

「無論、聞いた上でご判断いただくので構いませぬ！　若い姫君に悪い噂が立っても
いけませんし、どうぞあの四阿《あずまや》へ――」
　相手は、小娘が罠にかかった、とでも思ったのかどうか。緋色の官服の男は、安心
したように晴れやかな笑みを浮かべると、碧燿を差し招いた。
　緋色の袍《ほう》の官は、刑部《けいぶ》に属する柴郎中《さいろうちゅう》と名乗った。彼に導かれて、碧燿は皇宮の一
角、広い池に張り出した四阿に落ち着いた。
　季節の花や訪れる鳥を楽しむための四阿に壁はなく、もしも乱暴狼藉に及べば周囲
から丸わかりになってしまう。一方で、水面に隔てられては盗み聞きをするのは不可
能だ。密談にはとても都合が良い場所だと言える。
（心当たりをつけた上で、私に声をかけたのね）
　碧燿が、内心で推測を巡らせていることに気付いているのかどうか――石を切り出
して作った腰掛に座り、同じく石造りの卓を挟んで彼女と向かい合うなり、柴郎中は
早速切り出した。
「姫君は、宇文《うぶん》将軍をご存知でしょうか。宇文家のご当主でいらっしゃいます」
「伝統ある名家と存じておりますが――申し訳ございません、当代のご当主のお人
柄までは」

武川《ぶせん》の宇文家は、夏天に名高い家門を挙げろと言われれば、必ず入ってくる家だろう。碧燿の今の実家である巫馬家と同格の家でもある。柴郎中も、知っているのは当然とばかり、あっさりと頷いて続ける。

「義父君《ちちぎみ》にも義兄君《あにぎみ》にも決して劣らぬ、武勇に長け忠義に篤い御方で、長く夏天の国に仕えておいでです。巫馬家ではあえて評判に上ることはないのかもしれませんが」

「いいえ、これは私の無知のせいです。義父《ちち》たちは、共に陛下にお仕えする御方を頼もしく思っているはずです」

先の白鷺貴妃の時もそうだったけれど、義父たちはどうも世間に誤解されている気がしてならない。同格の貴族を疎んで話題に出すことさえしないのでは、とても言いたげな柴郎中のもの言いは、養女としては訂正する必要があった。

（本当のところ、どう思ってるかは分からないけど……！）

少なくとも、あからさまな悪意を碧燿に見せるほど迂闊な方々ではない。陰で何かしら企んでいるとしても、そう簡単に尻尾を見せることはしないだろう。……実のところ、碧燿の評価のほうが、柴郎中よりも辛辣かもしれない。

「そうでしょうか」

柴郎中の相槌は、碧燿の言葉を信じたものとは思えなかった。あるいは、小娘が何を言おうと、次に言うことは決まっていたのかもしれない。

「とにかく――その御方が忠武《ちゅうぶ》将軍の地位に留まっておられるのです。まったく不当なことです。功績が正しく評価されぬのは、まことにお気の毒なことではございませんか？」

忠武将軍といえば、武官の序列で言えば珀雅の宣威将軍よりはひとつかふたつ、上に位置する。とはいえ、義兄の若さを考えれば、彼のほうが異例の抜擢にはなるのだろうけれど。

(何だか、話が見えてきたような気がする)

碧燿は、痛み始めた額を押さえてそっと溜息を呑み込んだ。

宇文将軍は、もっと上の称号を望んでいるのだろう。家名に相応しく、巫馬家の若造を圧倒する輝かしい称号を。

「評価されていない功績とは――どのような？」

とはいえ、珀雅の称号は、藍熾を帝位に導いた戦果に対して与えられた褒賞だ。決して不当なものではない。

(でも、宇文将軍の名前は、これまで記録に出てきてない、と思う……)

義兄の活躍は、自慢する気がなくても随所に現れておかしくない、とのことだったけれど。宇文将軍の功績とやらは、これから整理する文書に載っているのだろうか。

あるいは――

「もしも陛下が把握なさっていないことがあるなら、由々しきことだと存じますが」

身内贔屓《びいき》にならないように、碧燿は宇文将軍の側に立って質問した。真実を記す彤史としても、記録されていない事実があるのでは、と考えるのは重要なことだ。

正直なところ、碧燿の内心はかなり疑いに傾いていたのだけれど——柴郎中は、我が意を得たりとばかりに破顔して身を乗り出した。

「太皇太后の時代に都に留まり、皇宮の内情を窺っておられたのです。都城を落とす際の戦いでも、宇文家の兵は大いに力となりました」

「はあ……」

「それほどの功績が、顧みられないままになっているのです。華々しい戦果のみが功績ではないと——聡明な姫君にはお分かりでしょう？　父君の例からも明らかなことです！」

「それは、そうですが」

柴郎中が必要以上に顔を近づけてきたので、碧燿は素早く腰をずらして避けた。同時に目線を逸らして、浮かんでしまったかもしれない怒りと嫌悪を隠す。

（つまりは、日和見でずっと様子を窺って、陛下の優勢が明らかになってやっと、旗《き》幟《し》を鮮明にしたということじゃない）

碧燿の父が死を賜った時も、その宇文将軍は静観していたということだ。なのに、その父を引き合いに出して彼女に頼ろうなんて。

「姫君は、陛下の覚えもめでたくていらっしゃるとか。宇文将軍の待遇を考え直していただくよう、どうか口添えをお願いしたく――」

「では、証拠をお持ちください」

半ば予想していた通りとはいえ、図々しい強請《ねだ》りごとを持ちかけられると、礼儀を守るのは難しかった。

「……証拠？」

「はい。陛下にお伝えするのは構いませんが、証拠もなく無責任なことは申せません」

小娘を丸め込むことに成功したと思っていたのだろうか、笑顔のまま固まった柴郎中に、碧燿は厳しく言い渡した。

「かの太皇太后のもとで、宇文将軍が何を探っておられたのか。その情報が、どのように陛下を利したのか――もちろん、詳細な記録がおありなのでしょうね？」

「それは――たぶん、ええ。聞いて――いえ、調べてみますが」

目を泳がせてしどろもどろになった柴郎中は、宇文将軍の依頼があったことを漏らしかけた。

（人に言わせて、それで人望があるように見せかけようとしたなんて）

まだ会ってもいない相手ではあるけれど、碧燿の、宇文将軍に対する心証は確実に悪化した。とはいえ、今はわざわざ口に出して追及しなくても良い。

「では、用意ができたらお知らせくださいませ。楽しみに、お待ちしておりますから……！」

怒りを込めた満面の笑みで、碧燿は柴郎中を威圧した。


そんなこんなで碧燿が後宮に戻った時、辺りはとうに闇に包まれていた。妃嬪の殿舎なら、まだ灯《とも》りを点して詩歌や管楽の席が設けられることもあるだろうけれど、女官や婢《げじょ》や宦官の夜はおおむね早い。

（いつもより帰りが遅くなってしまった。何司令への報告も明日にしないと……）

外朝での出来事は、その日のうちに上司に報告するようにしていたのに。きっと、何司令は帰りの遅さを心配しつつもう休んでしまったことだろう。

もちろん、夕餉《ゆうげ》の時刻もとうに過ぎている。火事の危険を冒して碧燿のためだけに火を使うのも気が引けるから、今夜の食事は冷たいものになりそうだった。

足音を殺して、自室に滑り込もうとした時——でも、碧燿は女官の宿舎が煌々とした灯りに照らされていることに気付いた。

手に手に灯火を携えた集団が、彼女の部屋の辺りでたむろしているらしい。その灯りが浮かび上がらせる彼女たちの衣装も、身分低い宮官や婢にはあり得ない、艶やかで色鮮やかで軽やかな絹だった。

（……何ごと？）

心中で首を傾げたのとほぼ同時に、脳天に突き刺さるような甲高い声が、碧燿の耳を襲った。

「遅かったじゃない！　たかだか彤史の分際で、外朝で遊び歩くなんて生意気ね！」

「……どなたですか？」

柴郎中に対しては呑み込んだ不躾な問いかけを、碧燿は今度こそ口にしてしまった。長い一日の後、わけの分からない事態、突然の怒鳴り声。彼女の忍耐も限界に達しようとしていた。

（どうして、知らない人に怒られているんだろう……）

朱を刷《は》いたまなじりを吊り上げて碧燿を睨みつけるその女は、たいそう豪奢な装いをしていた。

高く結い上げた髪は、随所に玉や真珠が輝いている。額に描かれた花鈿《かでん》も、金粉の煌めきを帯びてその女性の美貌を引き立てる。軽やかな絹の襦裙《じゅくん》に施された刺繍も染色も美しく繊細で、花霞《はながすみ》をそのまま纏ったかのような逸品だった。

豪奢な装いに負けない美貌の女は、たぶん、妃嬪のひとりなのだろう。でも、こんない。

な夜中にこれほど着飾って、かつなぜか怒り狂って、碧燿を待っていた理由が分から

「わたくしのことを知らないの⁉　なんて、無礼な――」

鞭打つ勢いの怒声に、碧燿は首を竦めた。相手を刺激してしまったことを後悔しか

けるけれど――女の従者と思しき宦官が進み出て、主人に代わって碧燿に対峙した。

優雅に拱手《きょうしゅ》の礼をした宦官は、柔らかく穏やかな声で述べた。

「こちらは、宇文才人《さいじん》でいらっしゃいます。夜分にお騒がせして申し訳ございませ

ん。――どうしても、巫馬女史にお話ししたいことがおありとのことで」

「宇文、才人……様？」

声と所作に違わず、その若い宦官の顔立ちは整っていた。華奢な身体つきは、恐ら

くは幼くして去勢されたからだ。

宦官もまた、見目良い官奴の行きつく先のひとつ。彼の姿にかつての自分を重ねて、碧燿は一瞬だけ息を詰まらせた。

でも、それ以上に教えられた名前が、聞き捨てならない。というか、先ほど聞いたばかりのものだった。

「ということは、もしや宇文将軍の――」

才人は、二十七世婦《せいふ》のひとつ。後宮の妃嬪としては序列が低いほうにはなるだろう。

碧燿が把握していないのも仕方なかった。

（例の将軍のご息女が、後宮にいたんだ）

宇文家の姫君というなら、色々と納得がいく。実家の財力にものを言わせた豪奢な装いも、碧燿への敵意も。

宇文将軍が珀雅に対抗意識を燃やしているらしいのと同じく、宇文才人も碧燿に、ということなのだろう。

（さっきの柴郎中といい、私のことを何も知らない方々が、家名だけで勝手な邪推をしてくださるもの……）

彼女は彤史であって、皇帝の寵愛などまったく望んでも狙ってもいないというのに。

「ええ！　先の乱に際して大功を収めた宇文大将軍はわたくしの父よ！」

とにかく、碧燿がようやく得心したのを見て取ってか、宇文才人は得意げに胸を張った。

将軍の称号に大、の字を賜るには、忠武将軍からさらにいくつか位を進めないといけないはずだけれど、宇文父娘にとってはそれが本来相応しい称号なのだろう。

「私にお話とは、いったい何ごとでしょうか」

突っ込みたいところは、いくつかあったけれど。話を長引かせたくない一心で、碧燿は端的に尋ねた。すると、宇文才人は、引き連れていた侍女のひとりを指さした。

「わたくしの侍女の衣装が盗まれたの。ほかの妃嬪からの嫌がらせに違いないわ。お前、盗人を捕らえなさい！」

碧燿の視線を受けて、その侍女は元から青褪めていた顔色をいっそう失った。盗まれたという衣装が大事なものだったのか、それとも主の剣幕が恐ろしいのか——震える唇は何も言えないようだったから、分からなかった。

理由はどうあれ、怯えた侍女の様子は気の毒ではあった。でも、碧燿の答えは決まっている。

「申し訳ございませんが、お引き受けいたしかねます」

それによって、宇文才人の眉がきりきりと吊り上がるのは、分かり切っていたけれど。こういう時に上手く言葉を取り繕うことができないのが、碧燿なのだ。

「なぜ⁉　わたくしを侮るというの⁉」

「そのような——ただ、私の職務ではございませんから」

この騒ぎで住人を起こしてしまったのだろう、碧燿の隣室の扉が少し開いてすぐに閉まった。

見るからに身分高そうな宇文才人の怒りを見て、厄介ごとに巻き込まれるのを恐れたのだろう。まったくもって申し訳ない——けれど、碧燿にはどうしようもないことだった。

だって、宇文才人は無理な命令をしているという自覚がまったくないようなのだから。

「でも！　お前は何かと出しゃばっていると評判じゃない！　鳳凰騒ぎも、姜充媛の入れ替わりも、お前が得意げに暴いたと聞いたわ！　ついこの前の幽鬼の件だって……！」

「それは、記録に関わることでしたから。不確かな記録を真実として残すわけには参りませんから調べただけで、犯人捜しならしかるべき部署があるかと存じます」

そもそも、後宮では盗まれたものもなくなったことにされがちだから、碧燿が出しゃばることになるのだ。姜充媛の綬帯《じゅたい》の一件が、その良い例だ。

(侍女のためにこの剣幕ということなら、良い人、なのかもしれないけど……)

盗まれたことを隠すつもりがなく、犯人とやり合う気があるなら、もはや碧燿の出番はない。後宮の治安を司る宮正《きゅうせい》に訴えたほうが話が早い。

「……もちろん、記録や証言に不審な点や、精査すべき点が出てきたら、その時こそお力になりたいと存じますが」

これ以上関わり合いになりたくないのは山々だったけれど――宇文才人を納得させるためというよりは、白い顔で震える侍女のために、碧燿は付け加えた。どうもこの御方は、人の話をちゃんと聞いてくれない気がする。

「そう……よく分かったわ」

実際、宇文才人が可憐な唇の間から絞り出したのは、怒りと悔しさがありありと滲んだ、呪詛のような声だった。絶対に、何も分かっていただけていない。

「たかだか才人の頼みは聞けないというのね！」

「そのようなつもりはございません。私ひとりの力には限りがありますし、ほかの者の職分を侵すのは秩序の乱れに繋がるでしょうから」

「お黙り！」

鋭く叫ぶと同時に、宇文才人は披帛《ひれ》で碧燿を打った。軽い絹だから決して痛くはない。ただ、驚きはする。

「女官風情が後宮の外に出て、陛下に擦り寄るのだって秩序の乱れでしょう！　どうして、お前ばっかり……！　さぞやわたくしを馬鹿にしているのでしょうね⁉」

「宇文才人様？」

披帛《ひれ》が当たった頰を押さえて、碧燿は呆然と呟いた。

（私や巫馬家が気に入らないのは分かる、けど）

でも、気に入らない相手のところにわざわざ出向いて、頼みごとをするのはいったいなぜだろう。断られるのを見越しての言いがかりにしては、宇文才人の言動は支離滅裂で、だからこそ演技ではない、本物の怒りのように見える。

（この方は、いったい……？）

現実と乖離した、妄想じみた感情の激しさは、姜充媛のことが思い出されて、怖い。自室に逃げ込めれば良いけれど、引き連れている侍女たちが、それをさせてくれるだろうか。

「……巫馬家が何よ。少しだけ素早かっただけじゃない。お父様だって、ちゃんと戦ったのに。陛下が信じてくださらないのは、お前の、お前たちの――っ」

「才人様」

癇癪《かんしゃく》を起こした子供のように地団太を踏む宇文才人に呼び掛けたのは、先ほどの若い宦官だった。

涼やかで落ち着いた声には、怒りの炎を鎮める効果もあったのだろうか、さすがの才人も口を閉ざした。それでもまだ、険を帯びた目で睨めつけられるのにも構わず、その宦官は微かに笑んで声を潜めた。

「すでに耳目を集めてしまっております。これ以上は、御身の御評判が――」

「分かってるわよ、星朗《せいろう》っ」

星朗というらしい宦官を金切り声で怒鳴りつけてから、宇文才人は、碧燿をきっ、と睨みつけた。唇を歪ませたのは、勝ち誇った笑みに見せようとしたのだろうか。

「……巫馬家の威を借る女狐。どんな女かと思ってたけど、男か女かも分からない貧相な小娘じゃない。しょせん、ひとりでは何もできないのでしょうね！」

震える声といい引き攣った目元といい、負け犬の遠吠え、という言葉が浮かんでしまうような、破れかぶれの絶叫だった。

もちろん、碧燿としては何ひとつ勝った気はしなかったけれど。

宇文才人は、身を飾る金銀や玉にしゃらしゃらと優美な音を奏でさせて去っていった。乱暴な足取りが立てるであろう、どすどすという足音は玲瓏たる装飾品の音に隠されて聞こえない。美姫の体面のためにはきっと良いことだ。碧燿も、まだ責め立てられるような気分を味わわなくて済む。

（か、帰ってくれた……）

これでやっと休める、と。碧燿が息を吐き出した時――涼やかな声が、思いのほかに近くから聞こえた。

「――姫君は賢い振る舞いをなさいました」

「……そうでしょうか？」

声の主は、星朗と呼ばれていた若い宦官だ。宇文才人に仕えているようなのに、主に付き従わなくて良いのだろうか。碧燿と一緒にいるところを見たら、あの御方はどんな邪推をするか分からないだろうに。

碧燿が警戒の眼差しで見上げているのに気付いているのかいないのか、星朗は意味ありげに微笑んだ。

「はい。宇文才人の癇癪をまともに取り合っては、かえって後宮に不和と混乱を撒いていたことでしょう」

肩を竦めた星朗の口振りに、女主人への敬意は窺えなかった。整った顔に浮かぶ微笑もどこか冷ややかで、碧燿は目を見開いてしまう。彼女は、どうしてこんな陰口めいたことを聞かされているのだろう。

「あの御方は……何と言いますか、正当な扱いを受けていない、と思っておいでです。お父上も、ご自身も。本来ならば、九嬪どころか四夫人に列せられてもおかしくないと考えていらっしゃるようで」

「宇文将軍については、少しですが伺っています」

将軍がいち早く藍熾に与《くみ》していたなら、家格から言っても確かにその息女は妃の位を得ていただろう。実際、白鷺家はそうやって娘を貴妃にさせることに成功したのだから。

(私も、元は妃嬪になるよう期待されていたのだし、ね)

義父たちの思惑を蹴り飛ばして彤史になったことを、後悔はしていない。ただ——

宇文才人が切望していた位を軽んじたのも同然だと気付くと、先ほどの罵倒が腑に落ちてしまう。

（理不尽な逆恨みだとは思う、けど——）

宇文将軍が、娘に何をどう語っているか分かったものではない。女官に過ぎない碧燿が、皇帝と知り合う機会を得てしまっているのは事実ではあるし。

気まずさと不安に耐えかねて、碧燿は思わず目を逸らした。けれど、星朗の声は絡みつく蜘蛛《くも》の糸のように彼女を追ってくる。

「でしたらお分かりいただけるでしょう。あの御方は、お父上の評判ゆえに才人に留まっていると信じ込んでいるのです。宇文家を妬んで誹謗する者がいるに違いない、だから侍女にも嫌がらせをされるのだ、と」

星朗が、何を思って碧燿にこんなことを聞かせるのか分からなかった。さっさと帰れ、とはっきり言っても良いかもしれない。あるいは、無視して自室に篭ってしまうとか。

立ち去る口実を求めて視線を巡らせた時——碧燿は、星朗のほかにも残っている人影がいることに気付いた。宇文才人が、灯りを携えた従者たちと共に去ったことで、辺りはだいぶ暗くなっている。だから今まで、目に入らなかったのだ。

「貴女は——」

衣装を盗まれたという、宇文才人の侍女だ。星朗と違ってひと言も口を利かず、それでもこの場に留まっていたのは、何か言いたいことがあるからなのだろうか。

「実のところ、嫌がらせはあったのですか、なかったのですか？　盗まれた衣装というのは？」

「皇帝陛下のお召しもない才人に、嫌がらせなどあり得ません。宇文才人の思い込みです」

背を向けたにも拘わらず、星朗は自分に問いかけられたかのように答えた。碧燿は、横目で彼を睨んで声を低める。彼の意見は、今は求めていないのだ。

「私は、こちらの方に聞いています。……盗人捜しは私の職務ではありませんが、真実を言い出せぬ状況は、彤史として見過ごせません」

主の目のないところで言いたいことがあるのなら、聞いてあげなくては。

疲れによって碧燿の表情は硬く、薄暗い中では目つきも険しく見えたのかもしれない。その侍女は、震えながら一歩退いた。

人の顔色を窺うのは、後宮の使用人にはよくあることだ。桃児《とうじ》が口を噤《つぐ》んだように、この女性も何も打ち明けてくれずに逃げ出してしまうのかも、とも思った。

でも――見つめ合うことしばし、その侍女は、おずおずと口を開いてくれた。

「あ、の……なくなった衣装があるのは本当です。で、でも、あまり騒ぎにしたくは――」

「では、これから宮正に訴えに行きましょう。宇文才人には、私に無理強いされたと仰れば良い」

「あ、ありがとうございます……！」

　大事な衣装だったのか、それとも主の剣幕がよほど恐ろしかったのか。大したことは言ってあげられていないのに、陽が射したかのようにその侍女の顔色が明るくなった。縋るように彼女の袖を握る侍女の肩をさすりながら、碧燿は再び星朗に向き直った。

「私は、賢くなどありません。頭の固さも融通の利かなさも、自分でも困ったものだと思っています。だから――これは、ただの性分です」

　この宦官は、彼女を何かしらに巻き込もうとしているのかもしれない、と思ったのだ。賢いだなんて言っておだてて、宇文才人と対立させようとしているのかも、と。

（どちらかというと、私は愚かですよ……？）

　何しろ、皇帝陛下のお墨つきだ。企みがあるのだとしても、期待に沿えそうにないから諦めて欲しい。――そう、伝えたつもりだったのに。

　星朗は、美しく清々しい笑みを浮かべると、碧燿に対して深々と拝礼した。

「ご立派なことと存じます。ですが――いいいいくれぐれもお気をつけて」

「……ええ。さあ、行きましょう」

夜も遅いのだから、足もとに注意を払わなければならないのは当然のこと。だから、碧燿は当たり前に頷くと、侍女を促して人気《ひとけ》の失せた後宮へと足を踏み出した。

「あの、なくなった衣装というのは、どのような？」

「え、っと……浅黄の衫《さん》に、青と紅の縞の裙《くん》で……模様は──」

暗さに怯えた風情の侍女を気遣って、碧燿はぎこちないながらも会話を絶やさないようにするのに忙しかった。

だから、星朗の言葉に聞き覚えがあることを思い出したのは、彼を置き去りにしてしばらく進んでからだった。

くれぐれもお気をつけて──あの幽鬼も、碧燿に同じことを言っていたのだ。

＊　＊　＊

翌日──木簡の束を抱えて外朝の廊下を歩んでいた碧燿は、足もとをふらつかせてしまった。眠気によって、一瞬、意識が怪しく霞んだのだ。

（あ、ダメ──）

我に返った時は、もう傾《かし》いだ身体を立て直すのは不可能だった。せめて抱えた木簡を守らなければ、と全身を強張らせるけれど──覚悟していた痛みや衝撃は、いつまでたっても訪れない。

代わりに、もはや馴染みになってしまった声が耳元に聞こえた。

「どうした。鈍いことだな」

炎を秘めた藍色の目が、碧燿を見下ろして笑っている。藍熾が、どこからか駆けつけて彼女を支えてくれたのだ。

「陛下……！」

尊い御方に寄りかかっている格好に気付いて、碧燿は慌てて体勢を整えた。

公務のただ中だったたであろう藍熾は、身分に相応しく絢爛な刺繍の袍を纏っている。これまで何度か会った時のような、お忍びの官服や気楽な席のための胡服ではなくて。陽の光の中で見るその姿は君主らしく堂々として眩く美しくて──つまり、照れる。危ういところで守られた木簡を落としてしまわない範囲で、碧燿は精いっぱい畏まった。

「御手を煩わせて、申し訳ございませんでした。あの──なぜ、このような……？」

碧燿は、清文閣での検討が終わった木簡を、書庫に収めに行くところだった。外朝でも下級の官吏が行き交う一角は、もちろん皇帝の執務の場とは離れているはずなのだけれど。

「昨日、あの後珀雅に怒られたのだ。泣きつかれたと言ったほうが良いかもしれぬが」

疑問の視線を受けて、藍熾は面倒そうに顔を顰めた。煌びやかな格好と裏腹な傲慢さの溢れる表情だけれど、中身が変わらないのを確かめられるのは、何となく安心するかもしれない。

「お前を焚きつけるようなことを言うな、と。で、働きぶりを見てやろうとこちらに来てみたら、お前の髪が目に入って——それで、足取りが怪しいように見えたのでな」

「ああ……」

いくつもの納得の想いを込めて、碧燿は頷いた。

義兄が藍熾の放言を諫めるのはいかにもありそうなことだし、碧燿の赤い髪は、遠目にも目立つだろう。優れた武人である藍熾なら、彼女が無様に転ぶ前に駆けつけることくらい簡単だろう。ただひとつ、よく分からないことがあるとしたら——

(……あれ？　わざわざ見に来た、って……？)

多忙を極める皇帝陛下がいったいなぜ、という疑問は、浮かびかけたところで霧散した。

藍熾が、碧燿の頬に手を添えて上向かせたのだ。

「隈ができているではないか。また幽鬼を探して夜更かししたのか？」

「い、いえ。これは別件で……！」

宇文才人の侍女と手を取り合って、闇に包まれた後宮を進むのに結構時間がかかったのだ。宮正のもとについてからも、おどおどして言い淀む侍女を促して、衣装の色などの特徴を書き出させる一幕があったことだし。

昨夜もすっかり寝るのが遅くなってしまった一方で、何司令に報告するために早起きしなければならなかった。お陰で、睡眠不足だし、昨日の疲れも取り切れなかったのだ。

「ふむ、珀雅の言いつけは守ったのだな」

「は、はい。それはもう……！」

鍛えた武人の硬い掌を肌に感じて、碧燿の声は上ずった。首を振って払いのけるのは無礼だろうし、そもそも木簡を抱えたままだから大きく動くことはできなかった。

「ならば、珀雅も安心するだろうな」

「え、ええ。そうだと、良いです……」

藍熾の指先の温もりを感じながら、その名と同じ色の目に見つめられるのは、たいそう心臓に悪かった。

過日の火事の夜、この目を真っ直ぐに見返して舌を動かすことができたのが信じられない。やはりあの時の碧燿は、普通の心持ちではなかったのだろう。

あるいは、碧燿にとっての藍熾が、ただの横暴な権力者ではなくなったから、でもあるのだろうか。

（意外と優しい方ではあるのよね……私なんかの顔色を気遣ってくれるなんて。義兄《にい》様《さま》の言ったことも、ちゃんと覚えていてくださるし）

予断や偏見を持って物事と向き合うのは、真実を記す彤史にはあってはならないこと。それなら、碧燿は藍熾にも曇りのない目と真摯な態度で向き合わなければならない。

「時に、陛下」

ようやく藍熾が手を放してくれたことで、碧燿はどうにか息を整えることができた。同時に居ずまいも正しながら、切り出す。

「良からぬ陰謀があれば、遠慮なくお縋りして良いとの御言葉は、お戯《たわむ》れではないと信じてよろしいでしょうか」

「皇帝たるものがそう簡単に前言を翻すものか。──昨日の今日で、何を探り当てた？」

「探り当てたというか……たぶん、なのですが、あちらから来てくれたように思います」

幽鬼騒ぎと、宇文父娘の動向と、星朗という宦官の意味ありげな物言いと。すべては、繋がっているような気がしてならないのだ。

確かな証拠はまだないけれど――碧燿の考えが当たっていれば、間もなく揃うはずだ。

「ほう？」

藍熾の深い色の目の奥で、好奇心の火花が散ったようだった。

いったいどういうことか、と問われる前に、碧燿はにこりと笑みを浮かべた。

「数日のうちには動きがあるかと。……楽しみに、お待ちくださいますように」

こういうことは、実際に見てもらうのが一番良いと思うのだ。

＊　＊　＊

数日後、碧燿は清文閣の一室にいた。

いつも文書の整理に当たる書庫よりも遥かに小さく、けれど同じく古い木や竹や紙、墨の香りに満たされた居心地の好い小部屋だ。そして、建物の隅に位置して人目につかない場所でもある。

そんな場所で碧燿と対峙するのは、あの柴郎中だった。緋色の官服が、薄暗い室内にあっては花が咲いたようにも見える。もちろん、その色彩を纏う本人は、美しさや愛らしさとは無縁の中年の男なのだけれど。

　とにかく――彼は、約束通りの証拠を集めたと、碧燿に遣いを送ってきたのだ。つまりは、宇文将軍の論功行賞は不当であり、より高い地位によって報われるべきだという主張の、根拠となるものを。

「――こちらが、お求めのものです。宇文将軍が太皇太后の傍近くで探った情報、およびその一覧です」

　柴郎中に手渡された絹布《けんぷ》の包みはずっしりと重かった。碧燿には馴染んだ、束ねて綴じた紙の重みだった。この量の紙にしっかりと書き込んだなら、相当の情報量になるはずだけれど、質のほうはいったいどれほどのものだろう。

「お手数をおかけしました。確かに拝受いたしました」

　中身や、それが書かれた背景や思惑はさておき、何であれ記録は碧燿が愛し尊重するものだ。だから、渡された包みを大切に胸に抱えると、柴郎中は安心したように相好を崩した。

「かの巴公侍郎《じろう》のご息女の御言葉なら、陛下も聞き入れてくださいましょう。誠にありがたく――」

「ええ、陛下に必ずお伝えしましょう。――今、ここで」

　相手の言葉を遮って、碧燿は横を向いて高らかに告げた。

柴郎中は気付かなかったかもしれないけれど、書棚によってほとんど埋まった壁には、隣室に続く小さな扉がある。その扉が開いた瞬間――官服の緋色など比べ物にならない絢爛な色彩が、室内を眩く照らした。さらに、低く威厳ある声が響く。

「そこの者から話は聞いているぞ。俺の耳に入れたいことがあるとか」

皇帝だけに許された貴色の黄は、すなわち光の色だ。もとより容姿に秀でた藍熾が纏うと、その威厳をいっそう際立たせる効果がある。彼の存在を承知していた碧燿も、我知らず威儀を正すのだから、不意打ちを食らった形の柴郎中はなおさらだろう。

「へ、陛下……っ⁉」

「そう畏まらずとも良い。正しい進言を罰するほど、俺は狭量ではないからな」

へたり込むような勢いで平伏した柴郎中の背に、藍熾は獰猛に笑いかけた。

決して声を荒らげているわけではないけれど、どこか満腹の虎や獅子《しし》が喉を鳴らすような風情を感じる。きっと、柴郎中は猛獣の鋭い爪で転がされる鼠《ねずみ》の気分を味わっただろう。

「い、いいえ、これは――その」

「宇文将軍の功績についてはすでに十分精査したはずだが。新たな発見があったというなら、吟味せねばならぬな」

ひっ、と悲鳴を上げた柴郎中は、小さく縮こまってがたがたと震え出した。あまりのみっともない怯えように、碧燿はそっと溜息を吐くと、哀れな官の傍らに膝をついた。とはいえ、彼を慰めたり宥めたりするためではない。間近に視線を合わせて、睨みつけるためだ。

「陛下は真に寛大な御方です。宇文将軍も柴郎中も、あまりご存知ないようなのですが」

むしろ、彼らは藍熾のことを短気で冷酷な人間だと思い込んでいたに違いない。だから、既知のことを改めて碧燿が奏上すれば、うるさがって罰するだろうと期待したのではないだろうか。

（まったく、陛下に対しても失礼極まりない……！）

ごく最近まで遠くから仰ぎ見るだけだった碧燿と違って、外朝に参じる官なら、皇帝の人柄を知る機会はいくらでもあったろうに。まして宇文将軍は、義兄たちほどの長い時間でなくても、藍熾と共に戦ったのではなかったのか。

藍熾に倣って威嚇《いかく》するような笑みを浮かべて、碧燿は口を開いた。

「萎縮せず、迂遠なことはなさらず——陛下が知るべきことならば、はっきりと、直接に申し述べるのがよろしいかと」

きょときょとと視線をさ迷わせる柴郎中は、碧燿の言葉を信じたとは思えなかった。その目に渦巻く混乱に、恐れや不安だけでなく、疑問や戸惑いも混ざっているのが見て取れる。

どうしてこうなったのか、この小娘は何を言っているのか、と——その分かっていなさは、碧燿の怒りの火に油を注ぐ。

「私が真実を述べて陛下のお怒りを買うことを望まれていましたか？　言われたことを調べもせずに鵜呑みにして？　父の名を出せば、倣うしかないだろうと思われた？　それが、宇文将軍のお望みだったのでしょうか？」

「な、何を仰っているのか——その、巴公侍郎のご高名にお縋りしただけで」

「ならば、父のことを侮っていらっしゃる。確たる証拠もなく、憶測だけで自身の命や一族を危険に晒す発言をした愚か者と評したも同然です！」

柴郎中の言い訳には耳を貸さずに強く言い切ると、碧燿はすっと立ち上がった。それこそ父の年配の人を見下ろすのは非礼というものだけれど、見下げ果てた思いを態度でも示さずにはいられなかった。

「先帝がとうに身罷《みまか》られていたこと、太皇太后の暴政が終わるはずもなかったこと、誰もが疑っていました。けれど誰も指摘しなかったのは、太皇太后を恐れたからだけではなかったでしょう。証拠がなかったからです」

孫にあたる幼帝を弑《しい》して、自らが実権を握る——それは、非常に説得力のある説ではあった。とはいえ、証拠がない限りは単なる疑いに過ぎなかった。もちろん、証拠を丁寧に握り潰したからこそ、かの奸婦《かんぷ》は真っ赤な嘘を真実として押し通したのだろうけれど。

だって、権力者への根拠のない批判は、世を惑わす流言に過ぎないのだから。

疑いだけで声を上げれば、皇帝への誹謗の罪に問われる。国を思っての行いが、反逆として処断されてしまう。ゆえに碧燿の父は、根拠を求めた。

「父は、後宮に人脈を築いて、先帝のお世話係ということになっていた者たちからも証言を集めたとか。もちろん、それ自体が危険を伴うことですし、その証言も結局ないものとされましたが」

でも、父はそうやって筋を通したのだ。恐らくそうだから、ではなく、確固とした根拠に基づいて糾弾を行った。それこそが、責任をもって真実を追求するという態度なのだ。

「その父の娘である私が、聞いただけの話を右から左に陛下に通すはずがありません！　なのにこんな杜撰《ずさん》な企みを巡らせたのは――父のことも私のことも、馬鹿にしているとしか思えません！」

憤然と捲し立て、息を切らせる碧燿の頭に、大きな掌がぽん、と置かれた。藍熾の掌だ。

「言いたいことは言ったか？」

「……はい」

この皇帝陛下は、本当に寛容だった。碧燿が思いの丈を吐き出し切るまで、黙って待っていてくれたのだから。

けれど、もちろん彼の寛容にも限度がある。子犬をあやすような手つきで碧燿の髪を軽く乱した後、藍熾が柴郎中に向けた声も眼差しも、恐ろしいほど冷ややかで鋭かった。

「そなたにも宇文将軍にも言い分があろう。追って沙汰するゆえ、今のところは下がって良い」

這うように、転がるように退出した柴郎中を、藍熾は虫でも見るような目で見送った。

「確かに面白いものを見せてもらったな」

言葉とは裏腹に、口調は吐き捨てるよう、表情も猛獣が牙を剥いて唸るようだった。

「……恐れ入ります」

臣下が感心できない動きを企んでいたと知って楽しいはずもないだろう。かといって、彼女が慰めるのもおかしな話だから、碧燿は当たり障りない相槌を打つに留めた。

(嫌な気分になると分かっていて、それでも来てくれたのよね、この方)

柴郎中から証拠を渡したい、との言伝を受け取った碧燿は、受け取る場所と日時を指定する返事を出すと同時に、藍熾にも報告していた。

結果、畏れ多くも皇帝陛下が埃臭い書庫に身を潜めてくださる運びとなったのだ。小娘の言葉を信じてくれたこと、その検分を人任せにせず、自ら動いたこと——改めて考えると、破格のことではないかという気がする。

狭い場所で皇帝とふたりきり、の状況に落ち着かない碧燿を余所に、藍熾は書棚を苛立たしげに指先で叩いている。

「宇文には、忠武将軍の位さえ惜しいと思っていたのだ。が、家格を憚らぬわけには行かぬし、若輩の珀雅との釣り合いも考えねばならぬから譲歩したのだ。——まだ不満だったか」

上に立つ者の悩みを零して溜息を吐いた後——藍熾は、碧燿に視線を向けた。燃えるような力強い双眸《そうぼう》は、薄暗い書庫の中で火花が散るようにも見えて、碧燿の目を吸い寄せる。

「お前にとってもさぞ不快であったろう。よく、俺に見せるまで耐えたな」

「それは、陛下に一喝していただくのが一番だと思いましたから。義兄にも釘を刺されたことですし」

藍熾や珀雅には信用されないかもしれないけれど、何も毎回のように暴走しているわけではないのだ。成長したところを示すべく、碧燿は慎ましく目を伏せようとした。

「……お前の父のことを知っていたら、記録の捏造などは命じなかった」

「――は？」

けれど、思わぬことを言われて、思わず顔を上げてしまう。そうして、こちらを焦がすような鋭い眼差しを、直《じか》に受け止めることになってしまう。

「巴公侍郎は俺にとっても恩人だ。先帝が亡き者にされていると確証が持てねば、挙兵が成功するか否かは危うかった。誰も、叛徒《はんと》の汚名は望まぬものだ」

「ああ……」

言われて、碧燿はようやく気付いた。

藍熾は太皇太后を破って玉座に上った――と言われているけれど、そのように簡単に纏めることができるのは、彼が勝利したからこそだった。

もしも敗れていたなら、太皇太后の時代に数多あった叛乱のひとつに終わっていただろうし、彼の命も失われていただろう。

（勝てたのは父様のお陰、だと？　この方が認めてくれるなんて……！）

藍熾の勝利は、彼自身の血筋の正しさと武勇によるものだとばかり思っていた。

本人からして、日ごろはいかにも自らの力量への自負が強そうな言動をしているのに。夏天の皇帝という、地上に並ぶもののない輝かしい座にいるのに。

「俺は忘恩の徒ではない。淑真《しゅくしん》に言われるまでもなく、恩ある者の娘は先の火事からは助け出さねばならなかったし、今後も守らなければならぬと考えている」

なのに、たかが女官の碧燿に、ここまで心の裡《うち》を見せてくれるなんて。彼女の心に寄り添った言葉をかけてくれるなんて。

碧燿が目を丸くしているのに気付いたのか、藍燬は軽くそっぽを向くと早口に言った。まるで、柄にもないことを口にして、照れているかのよう。そんな表情も、傲岸不遜な男が見せるものとは信じられなかった。

「だから――珀雅ではないが、あまり無茶はするな。お前を巻き込んで企む者もいると分かったことだし、な」

「……はい」

呆然と頷いた碧燿の胸に、深く大きく激しい想いが潮が満ちるように込み上げた。

父の死は、無駄ではなかった。かの太皇太后の暴政を止める一助になっていた。新しく正しい皇帝にさえ、その行いは知られていた。

そうと知って湧いてくるのが、喜びや感動ではないのが不思議だった。娘としては、この上なく名誉に思うべきだろうに。

(……なのに、どうして……?)

なぜか、碧燿の胸の片隅がちくりと痛んだ。その理由を探って――心の奥底にある思いを探し当てて、愕然とする。驚きのあまりに、後先考えずに言葉が口から零れてしまう。

「私は——もう、過分の厚遇をいただいております。それは、父のことがあるから、でしたか……？」

父とはかかわりなく、彼女自身を認めて欲しい。誰かの娘や妹ではなく、家も肩書も関係ない、碧燿という人間を。

ひとりでは今日まで生き延びることなどできなかった身の上の癖に、図々しいことこの上ない。皇帝から直々に案じる言葉を賜っておいて、それ以上を望むのは強欲というものだ。

「それだけではない」

羞恥に俯きかけた碧燿の顔を、けれど藍熾の力強い声が上向かせる。

「使えるものは使う、とも言ったであろう。愚直なまでに真実を求める者、信が置ける者は、今の夏天には貴重だ。先ほどの者を見ても知れただろうが」

「……ええ、そうですね……」

そうだ、藍熾は碧燿をこき使う気満々だ。恩があると言った父にも遠慮せず、彼女を寵姫にと期待している義父や義兄の思惑も顧みずに。——碧燿はすでに、これ以上ないほど彼女自身を見てもらっている。

（なんで、おかしなことを考えてしまったんだろう）

まるで、寵がないのを嘆く妃嬪のような思考ではなかっただろうか。皇帝に侍るために後宮にいる身ではない癖に、まったく気の迷いだったとしか言えない。

最近、父と引き比べられて色々言われることが多かったから、だろうか。だから、妙に意識してしまったのかも。

気恥ずかしさを誤魔化すため、碧燿はあえて明るい声を上げた。

「私は、決して使い勝手が良いとは申せません。陛下のご命令に、必ず従うとお約束もできませんのに。――それでも使ってくださるのなら、喜んで務めたいと存じます」

本当は、もっとはっきりと真っ直ぐに感謝を述べるべきなのだ。父を覚えていてくれたことも、何かとうるさいのが目に見えている碧燿を使うと言ってくれたことも。

でも、藍熾の眼差しを間近に感じながらだと、こんな生意気なもの言いが精いっぱいだった。それに――この方なら、皇帝には見慣れないであろう挑発的な態度も咎めないでいてくれるのではないか、という気がした。

「本当にお前は一貫しているな……」

実際、藍熾が軽く顔を顰めたのも、ほんの一瞬のことだった。

「が、それで良い。変わらずその調子で励むが良い」

苦々しげに呟いた後、精悍な口元はすぐに笑みに綻ぶ。柴郎中に見せたのとはまるで違う、屈託のない晴れやかな笑みだった。

五章　忍び寄る悪意

柴郎中《さいろうちゅう》を退散させた後、藍熾《らんし》は政務に戻り、碧燿《へきよう》もいつも通り清文閣《せいぶんかく》での仕事に励んだ。何司令《かしれい》への報告も、もちろん怠らない。

そして、夜になって――碧燿は、またも芳林殿《ほうりんでん》跡にいた。先日、幽鬼《ゆうれい》と遭遇したのと同じ時刻のこと、ただ、月の位置と形だけが違っている。

この数日で工事は進み、焦げた柱などが撤去された代わりに、再建用の資材はより高く積まれている。差し引きすれば、幽鬼の隠れ場所はいくらか増えたと言えるだろう。

警邏《けいら》の強化を進言しておきながら、碧燿が闇に紛れてこの場に忍び込んだのは、強い確信があったからだ。

（幽鬼は、今夜も現れるはず……）

柴郎中は、皇帝からの叱責を宇文《うぶん》将軍に報告したはず。その事実は後宮にも伝わって、幽鬼、あるいはその正体の知るところとなっただろう。

宇文将軍の企みを、碧燿がどのように受け止めたのか——気になって仕方ないだろう。確かめるためにも、あの白い影は今宵もさ迷い出るのだろうし、碧燿はその期待に応えるべきだと感じていた。

幽鬼が闇に身を潜めていることを信じて、碧燿はそっと口を開いた。

「ご忠告、痛み入りました。父の轍《てつ》を踏まぬように、とは、柴郎中の口車に乗らぬように、という意味だったのですね？」

碧燿が携える灯火ひとつでは、圧倒的な夜の質感に太刀打ちすることなど到底できなかった。闇は彼女の声までも呑み込んでしまいそうで、星空の下に響かせようと思うと腹に力を入れなければならなかった。

「私も、真実を訴える機会に後先考えずに飛びつくほど愚かではありません。……そもそも、真実ではないようでしたし。とはいえ、心構えできていたのは良かった、と思います。その点は感謝していますが——」

灯火の光が照らす範囲は狭く、首を巡らせても幽鬼の居場所はまだ分からない。不意に視界に影が入っても、みっともなく驚いたりしないよう、肝に銘じながら碧燿は続けた。

「その上で、無用のご心配だったと思います。陛下は、太皇太后とはまったく違う御方。諫言を受け容れる度量のある御方です。ゆえなく臣下を罰することはありません」

幽鬼は、柴郎中の相談を真に受けた碧燿が、それをそのまま藍熾に伝えることで怒りを買うことを懸念していたのだろう。

権力者の気に入らない奏上をしたことで罰せられる——形だけ見れば、確かに父の轍を踏む、と言えないこともないけれど。

（でも、それは私も陛下も見くびっているというもの……！）

的外れな陰謀を企てた宇文将軍や柴郎中に比べれば、善意から警告してくれたらしい幽鬼は、優しくはあるのだろう。

でも、思い違いは正したいし、警告の手段も適切とは言えなかったと思うのだ。

「柴郎中、ひいては宇文将軍の企みは潰《つい》えたのではないのですか？　これで満足だか安心だかしていただけたなら、後宮の者を脅かすようなことはもうやめていただけないでしょうか」

彼女を呼び出すために、幽鬼騒ぎを起こすなんて。

碧燿の声に怒りが滲んだのを聞き取ってか、幽鬼からの反応はまだ見えないし聞こえない。

（それなら——）

いまだ様子見を決め込む相手の逃げ場を封じるべく、碧燿は切り札を切った。

「貴方の目的は何だったのでしょうか。まだ達成されていないのでしょうか。教えてくださいませんか——星朗《せいろう》さん？」

しばらくの間、答えはなかった。けれど、呼んだ名は正しいはずだったから、碧燿は伸《の》し掛かるような闇と沈黙に耐えて待った。そして——

「さすが、お気付きでしたか」

積み上げられた資材の間から、細身の人影が現れた。

灯火が浮かび上がらせるのは、白く整った中性的な面。宇文才人に付き従っていた若い宦官のものに相違なかった。

人に見られたら幽鬼の振りをするつもりだったのだろう。先日と同じく白い紗を頭から被ってはいるけれど、その下は男ものの濃い色の袍《ほう》を着ているし、今は化粧もしていない。

それでも、暗い中でも整った顔立ちが分かるから、彼はきっと妃嬪《ひひん》や宮女に可愛がられているだろう。愛玩動物扱いを、彼がどう思っているかは分からないけれど。

「気付かないほうが無理というものです」

「ええ、まあ。とはいえ、はっきり名指しされるとは思っておりませんで。——いつから、どのようにして？」

いるなら早く出てきて欲しかった、という思いを込めて碧燿が軽く睨むと、星朗は涼やかな目を好奇心に煌めかせた。

（あんなに意味ありげなことを言っておいて……）

不審過ぎる言動に、彼自身が気付いていないはずもないけれど——ちょうど、もの申したいことでもあったから、碧燿は推理を披露することにした。

「宇文才人の侍女の方の訴えに付き合いましたから。浅黄の交領の衫《さん》に、青と紅色の縞の裙《くん》——なくなったという衣装は、貴方が先日着ていたものと同じでした」

星朗は、同輩の侍女の衣装を勝手に持ち出して幽鬼になりすましたのだろう。言葉を飾らず言えば瀝《れっき》とした盗みであって、どんな目的があっても正当化されることではないはずだ。

「それだけで？　才人にお仕えする者は多いですが？」

「侍女なら、他人の衣装を盗む必要はありません。白い布を被って幽鬼に見せかけるだけなら、自前の衣装で出かければ良い。人目にもつかないし余計な騒ぎも起こさなくて済むのですから」

悪びれずに首を傾げる星朗には、碧燿の憤りが今ひとつ伝わっていないような気がしてならなかった。

「ならば、犯人は衣装を盗む必要があった、ということになります。後宮で怨みを呑んで死んだ者は女に限らない——必ずしも女の幽鬼に扮する必要はありませんが、犯人はいつもの格好では正体がバレてしまうかも、と考えたのでしょう。化粧をしていたのも変装のためです」

　犯人、を強調して連呼すると、星朗はさすがに気まずそうに表情を曇らせた。相手が真っ当な倫理観を持っているらしいことに安心して、碧燿はすっ、と人差し指を持ち上げた。

（これくらいの無礼は良い、よね？）

　驚かされたし悩まされたのだから、と自分自身に言い訳しながら、星朗の胸を真っ直ぐに指す。

「女ものの衣装を持たない者。女装することが変装になり得る者。そう考えれば、おのずと宦官が浮かびます。侍女の衣装を盗み出せるなら宇文才人に仕えているのでしょうし、先日見た幽鬼の声や体格と考え合わせれば――」

　貴方しかいない、と。言外の言葉は確かに伝わったようだった。星朗は、美しい微笑を浮かべると大きく頷いたからだ。

「なるほど。貴女様は確かに巴公侍郎《はこうじろう》のご息女でいらっしゃいますね。真実を見抜く眼力も、不正を見過ごせぬご気性も、本当によく似ていらっしゃる……」

　しみじみと言った星朗は、どうやら碧燿の父と会ったことがあるらしい。

　十年以上前に亡くなった父と、若く、しかも後宮に閉じ込められた身の上の彼にどのような接点があったのかは気になる。けれど、今の碧燿には、何よりもまず確認すべきことがあった。

「衣装は元の持ち主に返したのでしょうね？　とても困っていらっしゃいました」

「はい。密かに、ではありますが。彼女には申し訳のないことをしました。言い訳になりますが、気付かれる前に戻すつもりではあったのです」

「……本当に？　謝罪するおつもりはあるのですか？」

　持ち主が気付かなかったとしても、盗みは盗みだ。そして、騒ぎになった以上はこっそり戻して口を拭うのではなく、しかるべき償いがあるべきだと思うのに。

「この件が無事に終わったなら、必ず」

　不信と疑いを込めて目を細める碧燿に、星朗は真摯な表情で頷いた。

「……そもそも、あの騒ぎになったのは、宇文才人が失せものや困りごとがあれば訴えるように、と使用人を突《つつ》いたのが原因だったのです。それがなければ、あの侍女ももうしばらく気付かないか、思い違いと思ってくれていたかと――いえ、それも良いことではないのは分かっているのですが」

　星朗が早口に述べたのは、言い訳ではあったのだろう。でも、碧燿はまんまと聞き咎めてしまった。

「宇文才人が？　どうしてまた、そのようなことを」

使用人の訴えに耳を傾けるのは、一般的には良い主人ではあるのだろう。でも、先日の宇文才人の剣幕とは符合しない。

あの御方は――むしろ、火のないところにも煙を立てようと必死に煽り立てようとする気がするし、その勢いで侍女たちに迫ったなら、あの女性の怯えようも無理もないと思えた。

碧燿が眉を寄せる間に、星朗は数歩、足を進めて彼我の距離を詰めた。そして、彼女の耳元に囁く。

「貴女様に解決を依頼するために、です」

「……は？」

闇夜に浮かび上がる星朗の白い顔を見上げて、碧燿は眉を顰めた。この宦官は、どうも回りくどいもの言いが多い。彼にとっては自明のことなのかもしれないけれど、碧燿は宇文才人の人柄をほとんど知らないのだ。

「あの方は、私のことがお嫌いなのでは……？」

「ごもっともです。が、だからこそ、なのです。そもそも私が幽鬼を演じたのもそのためで――」

碧燿の疑問と戸惑いを感じたのだろう、星朗の涼やかな声と表情に、焦りの気配が滲んだ。彼も、危機感が上手く伝わらないことにもどかしさを感じているらしい。

端的に伝える言葉を探したのか、星朗はしばし瞑目し――そして、思い切ったように口を開いた。

「宇文将軍の企みは、まだ終わってはおりません」

ふたりの間を通った夜の風が、やけに冷たく感じられた。ふるりと震えた碧燿の手を取って、星朗は資材の山の陰へと引っ張った。すでにだいぶ長いこと戸外にいるからか緊張のためか、彼の指先も冷え切っている。

碧燿の耳に入る星朗の声もまた、緊張に強張った響きがあった。

「宇文将軍は、どう転んでも利を得るように考えておられました。皇帝陛下が姫君の進言を容れ、将軍の昇進を決定されれば僥倖、とはお考えだったでしょうが、難しいとも分かっておられたはずです」

「将軍は、私が迂闊な進言で罰せられるのを望んでおられたものと思っていましたが……」

そして、その企みは潰えたのだと。だから安心して欲しい、と伝えたくて、碧燿は真夜中の焼け跡にやってきたというのに。

「まだ終わっていない、とは――どういう……？」

草葉に降りた露が衣装の裾を濡らすのを感じながら碧燿が問いかけると、星朗がちらりと振り向いた。

「姫君が皇帝陛下のお怒りを買うことを、もっとも期待なさっていたとは思います。が、将軍はそうならなかった時のことまでも考えておいでです」

資材の山の一角に、ちょうど卓の高さに平らになった場所を見つけて、星朗は懐を探った。かさかさという乾いた音で、紙を広げたのだと分かる。

「――ご覧ください」

「これは……？」

星朗が掲げた灯火が照らすのは、手紙と思しき体裁の数枚の紙だった。連ねられた筆跡はやや硬く荒々しい雰囲気で、無骨な年配の男性の姿を何となく想起させる。

「宇文将軍が、ご息女の才人に宛てたものです。拝借――いえ、盗んだのですが！この際ですからご容赦を。とても、重要なことなのです」

感心できない行いを咎める余裕は、さすがになかった。聞き捨てならない筆跡の主の名前に、碧燿は慌てて書面に目を走らせる。

（将軍と才人の――父娘での、内密のやり取り……？）

頼りない灯りのもと、目を細めながら一字ずつを追ううちに、碧燿の心臓は次第に不穏に高鳴り始めた。もちろん、他人が他人に宛てた手紙を勝手に覗き見る後ろめたさだけが理由では、ない。

恐らくは実際の将軍の声もそうなのだろう、宇文将軍の筆跡は、雷鳴のごとく轟《とどろ》く厳めしい声を思わせた。娘に対する手紙でさえ、部下に命令する時の口調のようで。

——目障りな小娘を始末する算段がついた。白鷺《はくろ》貴妃なき今、巫馬《ふば》家の横やりさえなければお前こそが皇帝の寵愛を受けるのは間違いない。

——ことが起きたら、事件を探して小娘に持ち込め。父譲りの功名心の強さと目立ちたがりだと、後宮の者たちに印象付けろ。

——仮に皇帝の怒りを免れたとしても、逃がしはしない。我を陥れようとしたと逆に告発することができよう。

宇文才人の言動から、多少は想像がついていたけれど。父の将軍も、巫馬家と碧燿に対してねじ曲がった妄想を抱いているようだった。特にふたつ目の文章を見れば、星朗が先ほど言おうとしていたことも察せられる。

(私……事件があったら嬉々として犯人捜しを始めると思われてるんだ……)

目眩と頭痛を同時に感じて、碧燿は額を押さえた。彼女が後宮で起きる諸々の騒ぎに口を挟むのは、一応は事実ではあるのだけれど。真実が隠されることなく記されるために、という大前提は、宇文家には伝わらなかったらしい。

(衣装が盗まれたと、無闇に騒げば——確かに私の印象は悪くなる、かも？　それにしても目立ちたがりだなんて……！)

不本意極まりない表現だった。ほかの者たちがもう少しだけでも真実を尊重する姿勢を見せてくれるなら、何も碧燿が出しゃばる必要なんてなくなるのに。

でも、手紙を書いた本人はこの場にいない。怒りを訴えることも誤解を正すこともできないし――何より、ほかに気になり過ぎる一文があった。

「告発……宇文将軍が、私を？　将軍を陥れるというのは……？」

碧燿は、身に覚えのないことで罪に問われようとしているらしい。

いったいなぜ、どういう口実で、と訝しんで眉を寄せると、星朗は重々しく頷いた。もっともな疑問だ、とでも言うかのように。

「姫君は、巫馬家の養女でいらっしゃいます。巫馬家は宇文家に対抗意識を持っていますから、姫君も将軍が冷遇された経緯は聞き及んでいらっしゃることでしょう。そして巫馬家では、将軍を嘲り嗤いつつ、万が一にも家格に相応しい、正しい地位に抜擢されはしないかと警戒しているはず」

「……宇文将軍は、そのように思い込んでいらっしゃるのですね？」

いくつかの単語を絶妙に強調して発音することで、星朗は彼自身はそう思っていないということを伝えてくれた。

そして実のところ、そんなことはまったくないのだ。義父や珀雅は、少なくとも碧燿の前で明らかに他家の人間を嘲ったりはしない。企みがあるとしても、彼女に見せるような不手際は犯さないだろう。

手紙に記された文章と同じく、邪推と偏見に凝り固まった考えが誰のものか——聞くまでもなく、明らかだった。

「あるいは、そういうことにしようとしていらっしゃる、ということかと」

星朗はまたひとつ頷くと、何かとても苦いものを舐めたかのような表情で口を動かした。宇文父娘の妄想を声に出して語るのは、たぶん楽しくはないだろう。

「将軍の筋書きは、こうです。姫君は、陛下を怒らせることを計算した上で進言に及んだのです。そもそも柴郎中とも共謀していたのかもしれません。動機は、巫馬家の意向を受けて、宇文将軍を貶めるため。あるいは、父君に倣って諫言によって名声を得ようとしたのでしょう」

「私は、そのようなことは——」

しない、と。星朗に言っても意味がないことに気付いて、碧燿は口を閉ざした。

重要なのは、宇文将軍がそのように考えていること。あるいは、星朗の表現が当たっているなら、そういうことにしようとしていること、だ。

ここに至って、碧燿も何が起きつつあるのかをようやく理解した。

(武人であるはずの御方が、なんてせせこましいことを……)

星朗が、先ほどからうんざりしたような表情を浮かべている気持ちが、よく分かる。あまりにも浅ましく品性下劣な企みを口に出して語れば、こちらまでも汚れたような気分にもなるだろう。

「宇文将軍は、明日の朝一番に陛下にお目通りを願うのでしょう。そして、過去のことを蒸し返されて名誉を傷つけられたと訴えるはず。今後の精勤で忠誠を示そうとしていたのに水を差された、とかそんなことを」

「……そして、巫馬家の差し金に違いないから制裁を、と願うのですね？」

星朗にすべてを言わせるのが忍びなくて、碧耀は最後のところを引き取った。

「はい。ご明察の通りだろうと思います」

「それは――少々厄介なことになりそうです」

こくりと相槌を打った星朗に、碧耀は呻いた。彼女の目眩と頭痛は、激しくなる一方だった。

ここ数日の疲れと寝不足もあって、ともすれば気が散ってしまいそうになるのを、手指でくしゃ、と髪を乱して集中を保つ。格好としては、頭を抱えるようにも見えただろう。

「宇文将軍が何を言おうと、陛下は信じないだろう、とは思いますが……」

「私は、陛下のお人柄を存じ上げませんが、姫君が仰るのならそうなのでしょう。ご無事でいらっしゃることにも、心から安堵しております。ただ――」

「分かります」

星朗は、心配そうな面持ちで言葉を濁し、口ごもった。でも、言わんとすることは想像がついた。――想像がついたからこそ、碧燿は深々と溜息を吐く。

「宇文家は名家であって、疎かにして良い相手ではありません。陛下が公正な御方であればあるほど、巫馬家を過剰に庇っているとは思われたくないでしょうし……何かしらの処置は為される可能性が高いでしょう」

もちろん、証拠もない言いがかりのような告発で、巫馬家が揺らぐことはない。でも、宇文家の訴えを完全に無視することも難しいはず。

夏天はまだ長い圧政から立ち直りつつある最中で、有力な家が不満を抱えたままにはしておけないのだ。

（皇帝陛下といえども、儘《まま》ならないことが多いのでしょうね……）

使える者、信を置ける者が少ない、とは、藍熾直々に愚痴られたばかりだ。

宇文家は、恐らく藍熾にとっては信用ならないのだろう。背かせぬためには、皇帝の権威を常に知らしめる一方で、譲歩も見せなければならないはず。落としどころとしては、一連の騒動の発端に仕立てられた碧燿を遠ざける、あたりになりそうだろうか。

（陛下のお傍にいられなくなる？　女官として仕えるだけになる？）

いくつか浮かんだ可能性は、碧燿に胸を貫かれるような痛みをもたらした。咄嗟に嫌だ、と思ったことに、彼女自身が驚いてしまう。

彤史《とうし》の職務に専念できるなら、願ってもないことだろうに。藍熾の御代のために働くことができるのは、変わらないだろうに。

仮に、後宮から辞するように命じられたとしても、罰とも言えない処遇のはずだった。義父や義兄に会える機会が増えるのだし、市井《しせい》にも記録しなければ隠されてしまうであろう真実は多いだろうから。

（……どうして。真実を記録するだけでは足りないなんて。そんなはず……）

どうも最近、藍熾が絡むと不合理な心の乱れを覚えてしまう。父と関わりなく彼女自身を見て欲しい、だなんて思ったのもそうだった。それどころではない状況のはずなのに、些末なことが気になってしまうのは――

（だって、陛下は使えるものは使うとの仰せだったもの。宇文将軍の横やりを許しては、その御心に背くことになる……！）

そうだ、彼女はあくまでも藍熾の心中を思い遣っただけだ。彼自身の意思で遠ざけられるならまだしも、良からぬ企みによってそうさせられるなんて、皇帝に対しても不敬だろう。

波立つ心を抑えようと、碧燿は袍の胸元をぎゅっと握りしめた。今は、宇文将軍の企みにどう対応するかのほうが、ずっとずっと重要なのだ。

（私は――どうすれば良い？　何ができるの？）

数秒の間に覚悟を決めて、碧燿は背伸びすると星朗へぐいと身を乗り出した。

「……このように卑劣な心根の御方が陛下にお仕えするなど、あって良いこととは思えません。この書簡は、お預かり――いえ、頂戴してもよろしいでしょうか」

目的のためだとしても、盗みは盗み。宇文才人に手紙を返す当てなどなかった。先ほど星朗を詰《なじ》っておいて、預かる、だなんて取り繕うのは欺瞞というものだろう。忸怩《じくじ》たる思いで言い直した碧燿に、でも、見目良い宦官は宥めるように微笑んだ。

「無論です。いえ、そもそも私のものではないのですが。それこそ告発のためには必要なものと存じましたので」

短い間に、星朗は碧燿の気性をよく把握してくれたような気がする。不正を嫌う思いも理解してもらえた気がして、碧燿は少しだけ頬を緩めた。

「ありがとうございます。これを陛下にお見せすれば、逆に宇文将軍を糾弾することもできるでしょう」

受け取った手紙を畳んで、懐にしまってから――碧燿は、ふと心配になった。

宇文才人は、今ごろ何をしているだろう。後は父君に任せておけば安心と、幸せな夢を見てくれているだろうか。

「星朗さん。貴方は、宇文才人のもとに戻られるのですか？　大事な――人に見られてはならない類の書簡だと思います。なくなっていることに気付かれたら――」

「書簡と共に私が姿を消せば、怪しまれましょう。才人は騒がれるかもしれませんが、素知らぬ顔を決め込むことにいたします」

星朗はあっさりと言って微笑むけれど、碧燿の不安は拭えなかった。だって主の罪に関わらせられた宮女が殺されるところに居合わせた記憶はまだ褪せていない。しかも、あの惨劇が起きたのはこの芳林殿でのことなのに！

「……大丈夫、なのですか……？」

「これでも後宮で暮らして長いですから。やり過ごす方法は何かと心得ております」

後宮で、見て見ぬふりをしなければならない場面が多いのは、その通りではあるのだけれど。星朗は機転も目端も利くのは、短い間でもよく分かったのだけど。

「ですが――」

「卑しい身のことなどお気遣いなく」

顔色の晴れない碧燿に、星朗はどこまでも柔らかく微笑んだ。――かと思うと、不意に声と表情を真剣なものに改めた。

「ただ――この件が無事に終わりましたら、改めてお話しする機会をいただきたく。父君のことで、お伝えしなければならないことがあります」

やはり、星朗は父と縁があったようだ。娘として、父の知らない姿は気になるし、星朗とまた会える——口封じに殺される気はないと確かめられたのは、希望だった。

だから、碧燿は勢い込んで頷いた。

「はい！　もちろ——」

頷こうとした、のだけれど。彼女の声は、夜空に響き渡る甲高い声によって遮られた。

「こんな夜中に密会⁉　女官と宦官の分際で後宮の風紀を乱すなんて、見過ごせないわね……！」

同時に、碧燿と星朗の周囲を、不穏に揺らめく複数の影が取り囲んだ。闇に紛れる黒衣を纏った宦官たちが、いつの間にかふたりに忍び寄っていたのだ。彼らの中心にいるのは——

「宇文才人⁉」

人目を引くことを恐れたのだろう、現れた宦官たちも全員が灯火を携えているわけではなかった。これまで接近に気付かなかったのも、灯火を布で覆って光が漏れないようにしていたからだろう。今やその覆いは取り去られて、辺りはやや明るくなっている。

黄昏時《たそがれどき》ていどに薄まった暗がりの中、怒りに赤く染まり、柳眉《りゅうび》を吊り上げた宇文才人の顔が浮かび上がっていた。

「星朗。この裏切り者……！　おかしな動きをしているのは気付いていたのよ……！」

本来は嫋《たお》やかな美姫なのだろうに、激情に歪んだ面は仄かな灯りによって陰影が色濃く強調され、鬼神のような憤怒《ふんぬ》の形相になっている。

「捕らえなさい。ふたりとも。乱暴にして構わないわ……！」

主の命令に応えて、宦官たちは影のように音もなく動いた。この事態を予測していたのか、去勢された男たちのはずなのに、体格の良い屈強な者たちが取り揃えられている。

「姫君、抵抗はなさらぬよう！　怪我をなさいます」

「でも……っ」

星朗は大人しく縛られ、碧燿も、多少の抵抗も虚しく取り押さえられた。深夜の後宮でのこの騒ぎを、誰かが聞きつけて欲しいものだと思うけれど——そうもいかないのを、彼女は知ってしまっている。

(芳林殿《ここ》に肝試しに訪れる者はいなくなっていた——だから、警備もかえって手薄になっている……!?)

警備の強化を進言したのはほかならぬ彼女自身で、衛士《えじ》は住人がいる殿舎を中心に見回りをしているはずなのだから。

買収したのか衛士の怠慢かは分からないけれど、宇文才人たちが抜け出してここに来られている以上、無人のはずの場所に人が通りかかることは期待できないだろう。

碧燿と星朗は、身動き取れない格好で地面に転がされ、背後から宦官に伸し掛かられた。頭上からは、宇文才人の鈴を振るような嘲笑が降る。

「良い格好ね。女狐と裏切り者にはお似合いよ」

身動きできないふたりの目の前に、精緻な刺繍と装飾を施した宇文才人の沓《くつ》が近づいた。反り返った沓の爪先が星朗の顎に刺さり、彼を強引に上向かせる。

「この貧相な小娘に誑《たぶら》かされたの？　それとも、最初から巫馬家の間諜だったの⁉」

「……どちらも違います。私は——奴婢に等しい身でも、見過ごせないことがあったというだけです」

苦しげに答えた星朗には構わず、才人は、今度は碧燿の頭を踏みつけた。

「星朗と謀《はか》って、お父様を陥れるつもりだったのね⁉　なんて恐ろしい女……！」

「陥れようとしたのは、私ではありません！」

草と土が口に入るのを避けようと、碧燿は必死に頭を振った。髪が乱れ、首にも痛みを感じたけれど、どうにか上体を起こして、宇文才人を睨みつける。

「物事を正しく見てください！　悪意と嫉妬で、目を塞がれるのではなくて！」

「うるさいわね……！」

宇文才人の怒声がやけに近くで聞こえた、と思った瞬間、碧燿の頬を熱い衝撃が襲った。

屈みこんだ才人に平手打ちを食らったのだ、と。ぐらぐらと揺れる頭でどうにか理解する間に、彼女は碧燿の懐を遠慮なく探った。大事にしまい込んでいた将軍からの書簡は、すぐに見つかって引きずり出されてしまう。

「返し――」

書簡の本来の持ち主に対して、返して、なんて言える立場なのかどうか。碧燿の一瞬の迷いを、才人の勝ち誇った笑い声が打ち砕いた。それに、紙を引き裂く音が。

「これで、お前たちの企みも終わりよ！」

小さく千切られた書簡が、碧燿の視界にひらひらと降る。

それらは風に飛ばされ水路に落ち、婢《げじょ》に踏み躙られて、すぐに何が書いてあったか分からなくなるだろう。星朗の絶望の吐息が、呆然とする碧燿の耳にはどこか遠く聞こえた。

「証拠がなければ、何を訴えても悪意ある讒言《ざんげん》に過ぎない。残念だったわね……！」

「何ということを……！」

そう、確かに。これで星朗の行いは無に帰してしまったし、彼女たちは捕らわれて窮地にいる。明日にも碧燿と巫馬家を陥れようとしている宇文将軍に対抗する術も、なくなってしまった。

でも、碧燿が唇をわななかせて怒りに震えるのは、そんなことだけが理由ではなかった。

「紙を、文字を、何だと思っていらっしゃるのですか！　千年でも二千年でも、起きたことを後世に伝えることができるものなのに！」

「姫君……？」

星朗が戸惑うような声を上げたけれど、構ってはいられなかった。証拠さえなければ良い、という宇文才人の考えは、絶対に間違っている。記録と、真実というものへの冒涜《ぼうとく》だった。

（真実は必ず明かされるし記録される……！）

碧燿の父が、命を懸けてやったように。小手先の小細工で逃れられるようなものではない——碧燿が、させない。許さない。

「露見や後世の悪評を恐れるならば、そもそも悪事を犯さなければ良い。どうあがこうと真実は記録されるものなのだと——ご存知ないのですか⁉」

「何を言っているの？　よっぽど悔しかったのかしら。おかしくなってしまったようね……！」

宇文才人の目配せに応じて、配下の宦官が動く気配がした。言いたいことは、まだまだいっぱいあったのに。碧燿の口に布の塊《かたまり》か何かが押し込まれ、言葉を封じられてしまう。

さらに目隠しまで施され、碧燿は荷物のように担ぎ上げられた。たぶん、星朗も同じ扱いをされていることだろう。

こうなっては、動かせるのは耳だけだった。それも、聞こえてくるのは悪意に濁って聞き苦しい、宇文才人の耳障りな笑い声だけだ。

「真実は、明らかになるでしょうとも。お父様も私も、お前と巫馬家のせいで不当に扱われているの！　明日には陛下にも分かっていただける――もう、邪魔はさせないんだから！」


宇文才人が引き連れた宦官たちは、碧燿たちをさらに分厚い布に包んだ上でしっかりと縄で巻き上げた。傍目には、丸めた敷物でも運んでいるかのように見えるだろう。ここまで頑丈に梱包されては、身動きすることはおろか、どこをどう運ばれているかの見当もつかない。

（このまま井戸にでも投げ込まれたら……!?　それこそ、幽鬼に呪い殺されたように見せかけて……）

夜の闇よりも暗い漆黒に閉じ込められて、碧燿は冷や汗に全身を濡らした。もっと声を上げて騒いでおけば、とも思ったけれど、宇文才人の甲高い声も聞き付けられなかった以上、星朗が言った通り、無駄に怪我を負わされるだけだったかもしれない。

（首を括ったように見せかけるとか……床下に埋めるとか……）

五感のほとんどを封じられると、悪い想像はどこまでも膨らんだ。かつて芳林殿で炎に巻かれた時よりも、恐怖と絶望は大きい。時間の感覚もなくなって、この暗闇がどこまでも続くかのようにさえ感じられた。

だから、硬い床に投げ出された感覚がした時、碧燿は心から安心した。少なくともわけの分からないまま殺されることはなさそうだったから。

「少しは応えたようね。良い顔をしているじゃない」

梱包を解かれた瞬間に、宇文才人の嘲笑が耳に刺さった。碧燿は、よほど憔悴《しょうすい》した表情を晒していたのだろう。

慌てて首を巡らせると、碧燿は星朗とふたり、小部屋に放り込まれたようだった。妃嬪にとっての牙城たる、宇文才人の殿舎に連れ込まれたのだろうか。部屋と同じく小さい扉の前には才人が立ち塞がり、その後ろには屈強な宦官たちが控えている。

長く使われていなかったのか、小部屋には調度の類は古びた寝台だけ、窓も板で塞がれていた。ただ、板の隙間からは細く光が差し込んで、灯火がなくとも室内をほんのりと照らしている。

（そうか……もう、朝になるところだったんだ……）

闇に紛れて碧燿たちを始末するわけにはいかなくなったから、ひとまずは監禁することにしたのだ。

碧燿が理解と安堵の息を吐いたのを見て取って、宇文才人は楽しそうに笑った。恐らくは、彼女が抱いた希望を打ち砕くために。

「夜明けのお陰で命拾いしたわね？　まあ、ほんの短い間だけだけど……！」

叩きつけるような勢いで扉を閉め、さらに錠をかけながら、宇文才人は高らかに宣言した。

「そこで待っていなさい。夜になると同時に始末してやるんだから……！」

宇文才人が去ると、しん、とした沈黙が降りた。妃嬪に相応しい明るく美しい場所で、碧燿たちをどのように始末するかを考えているのだろうか。

（見張りは……当然、残されているだろうけど……）

だからといって、手を拱《こまね》いて死を待つわけにはいかない。碧燿は、星朗の耳元に口を寄せると囁いた。

「私が姿を消せば、何司令が捜してくださいます。いえ、そもそも宇文将軍が私を告発するというなら、陛下は必ず私の言い分も聞こうとしてくださるはず……」

状況の整理を兼ねて、心を強く保つために明るい材料を並べようとしたのだ。

「宇文才人が私の宿舎を訪ねられたことも、上司の何司令には報告しております。きっとすぐに――」

けれど、星朗は冷静に指摘する。

「ですが、仮にも妃嬪である御方の殿舎を強引に捜索することは難しい。照会があった時点で、宇文才人はなりふり構わず私たちを亡き者にして証拠隠滅するでしょう」

「……ええ」

妃嬪に捕らえられて命が危うくなる状況を、碧燿は比較的最近に経験している。今となっては、柴郎中をやり込めたところで安心せず、星朗についても義兄か藍熾に相談すべきだったと思う。あるいは、それこそ何司令についてきてもらうとか。

(成長した、つもりだったんだけど……)

星朗が掴んでくれた証拠も失われ、あまつさえ彼も巻き込んでしまった。

「私の考えが甘かったのです。すみま――」

「巻き込んでしまって申し訳ございません、姫君」

唇を噛んで、謝罪の言葉を絞り出そうとした碧燿を遮って、星朗はそれは美しい所作で額を床につけて平伏した。伏せた顔の陰で、整った唇が紡ぐ言葉こそ、碧燿以上に深い後悔に沈んでいる。

「巴公侍郎のご息女を危険から遠ざけたいという一心で動いておりましたのに」

「星朗さん……」

気に病まないで欲しい、と言おうとして、碧燿は星朗に手を差し伸べた。彼が頭を下げる必要なんてないのに。

「ですが、まだ私にできることがあって良かった。あの場で殺されさえしなければ逃げる余地があるかも、と──賭けたのが、当たったようで」

「……星朗さん？」

けれど、彼女が助けるまでもなく、星朗は起き上がった。しかもその顔には晴れやかな笑みが浮かんでいたものだから、碧燿は目を瞬かせた。

戸惑う碧燿を置き去りにして、星朗は静かに立ち上がった。衣擦れの音さえほとんど立てない身のこなしは、影のように仕えることを求められる宦官に特有のものだ。

「実のところ、宇文才人は私の主人とは言い難い御方です。ご気性とはまた別の話で──あの方は、私が仕えていた殿舎に後からやってきただけなのですから」

見張りの耳を憚ってだろう、そよ風のような囁きを聞き漏らすまいと、碧燿もそっと彼の背を追った。星朗は、寝台に上って接している壁を手指でなぞっているようだった。

「後宮に仕えて長いと、仰っていましたね……？」

「はい。今の陛下が即位される前からです。かの太皇太后が見目良い童子を求められたとのことで」

「ああ……」

自ら進んで宦官になる者など、まずいない。けれど、幼いうちに、権力者の恣意《しい》によって肉体に深い傷を負わされたと聞くと痛ましかった。

(いつもそう。弱い者は踏み躙られて搾取される……)

官奴の焼き印を押された時のことを思い出して、碧燿は思わず、袍の上から火傷の痕を押さえた。

彼女の哀れみや動揺、微かな痛みや憤りを感じ取ったのか、星朗はちらりとこちらを振り向いて、微笑んだ。

「昔のことなのでお気になさらず。――とにかく、私は宇文才人よりもずっと、この殿舎に詳しいのです」

言いながら壁に向き直った星朗は、ある一点に掌を押し当てた。すると、取手も継ぎ目も見えなかった壁が開き、その奥に細く狭く続く空間が現れた。

「――っ」

声を立てて見張りの注意を惹きつけぬよう、碧燿は慌てて口を手で覆った。その彼女の耳元に、星朗が早口に囁く。

「通行証は、お持ちですか？　昭陽門《しょうようもん》を抜けて、外朝に出るための」

「は、はい。肌身離さず持ち歩いています」

懐の通行証が取り上げられなかったのは幸いで、宇文才人の迂闊でもあっただろう。手紙を取り上げるのが最優先だったのだろうし、碧燿には二度と使う機会がないと考えても、まあもっともなことだったけど。

でも、通行証の有無を聞かれるということは――

（ここから外朝に出られる？　……隠し通路ということ？　どうしてこんなものがあるのを……？）

碧燿の頭に渦巻いたいくつもの疑問は、口に出すまでもなく彼女の目が伝えていただろう。星朗は、分かっている、と言うかのように小さく頷いた。そうして、視線を宙に巡らせて、建物全体を示す。

「この殿舎――景寿殿《けいじゅでん》というのですが、かつてここに住まった身分低い女を、密かに寵愛した皇帝がいたのだとか」

それは、少なくとも太皇太后が後宮に入る前、四十年は昔のことのはずだ。夏天の歴史は長いから、後宮にはいつの御代の誰のことども知れない逸話が無数に転がっている。

「間近に呼び寄せたり、頻繁に召したりしてはほかの妃嬪の嫉妬を買ってしまうから、人目につかぬように訪ねる通路を造らせたそうです」

「これが、その通路だと……?」

星朗の話はもっともらしく、しかも目の前には動かぬ証拠が口を開き、古く乾いた黴《かび》と埃の臭いを吐き出している。真偽を問うのは愚かしく、時間の無駄なのだろうけれど——

「壁を伝って進めば、太極宮《たいきょくぐう》に辿り着きます」

「あの、もしや当代の陛下はご存知ないのでは……?」

皇帝の寝殿の名をさらりと告げられて、碧燿は思わず呻いていた。自身が寝起きする場所に、秘密の隠し通路がある、だなんて知らされたら、藍熾はいったいどんな顔をすることだろう。

目を剥いた碧燿に、星朗は肩を竦めて応じた。

「奏上すべきだったのでしょうが、どの道、封鎖する余裕があったかは分かりませんし——今は、黙っていて良かった、と思います」

長い暴政と戦乱を経て、しかも後宮を顧みない皇帝のもとで、確かに手入れが行き届いていない殿舎は多い。この通路がどこをどう通っているかも分からないし、調べるのにかなりの手間がかかるのは間違いないだろう。

「……ことが終わったら、私が記録します。貴方がこれを知っている理由も併せて、必ず」

「ぜひ、お願いいたします」

今はこれ以上問答している暇はない。灯りもなく、狭い通路はいつ崩れるかも分からないけれど――行くしかないのだろう。

そう思い切って碧燿は暗い通路に足を踏み出した。けれど、後に続く気配がないのに気付いて、振り返る。

「星朗さん。貴方も、早く」

星朗は、牢代わりの小部屋に留《とど》まって静かに微笑んでいた。促すために手を伸ばしても、ゆるゆると首を振るばかり、共に逃げるつもりはないようだった。

「虜囚がふたりとも消えては、すぐに気付かれましょう。貴女は恐怖のあまり倒れている、という体にしましょうか。無礼とは存じますが、袍をお貸しいただけますか？　……後で、お返ししますから」

袍だけを寝台に寝かせて見張りの目を誤魔化すつもり、ということのようだった。後で返す、と言うからには、碧燿だけを逃がして犠牲になるつもりはないのだろうけれど。

(気付かれたら？　宇文才人が、いつ気分を変えるか分からないのに……！)

置いてなんていけない、と言いたかった。けれど、それもやはり時間を無駄にすることになってしまう。

「……すぐに助けてもらえるようにします」

だから、碧耀は迷いを振り切るように、袍を乱暴に脱ぎ捨てた。そして、それを星朗に押し付けるのと同時に、薄暗い通路へと飛び込んだ。

＊＊＊

通路の中は暗闇なのかと思っていたけれど、背後で扉が閉まる音を聞いてもなお、ものの形がぼんやりと分かる程度の薄明かりが碧耀の進む先を浮かび上がらせてくれた。

（部屋と部屋の間や壁の裏に、見えない通路を設けているということみたい……？）

景寿殿と言っただろうか、殿舎の住人たちは通路の存在など露知らず、日常の生活を営んでいるようだった。時おり壁の向こうから聞こえる物音や人の話し声が、碧耀を跳び上がらせる。

さらに、足を進めるうちに、扉と思しき影もいくつか見えて、隠し通路の全容が窺い知れた。

（出入口はひとつじゃない――だから、星朗さんも探してたんだ。いつでも、どこからでも皇帝のお召しに応えられるように……？）

いつかの御代の皇帝が愛したのは、よほど人目を憚る、身分低い女だったようだ。あるいは難しい立場に置かれていたのかも。そして同時に、寵愛も並々ならぬ深さだったのだろう。そうでなければ、これだけの規模の隠し通路を作らせたりはしないだろうから。

（ここは、どれくらいの間、使われていないんだろう）

そもそも、実際に人が行き来した時間がそう長いものとは思えない。皇帝か寵姫が亡くなるか、あるいは寵が褪せるかした後は、長らく忘れられていた空間なのだろう。そんな通路を星朗が知っていたのはなぜなのか――今は、聞く機会があることを信じるしかない。

時に階段や斜面が設けられた、つまりは場所によっては地下に潜った通路を、碧燿は黙々と進んだ。地下にいる間はもちろん視界は闇に閉ざされたけれど、一本道のようだから迷う心配はなかった。星朗が、壁を伝って、と言っていた通りだった。だから、やがて突き当たりに至った時も、碧燿は焦らずに済んだ。ここが通路の出口、あるいは入口なのだろうと分かったからだ。

「失礼、いたします……」

星朗の言葉を信じるなら、ここは皇帝の寝殿たる太極宮だ。本来、碧燿などが足を踏み入れて良い場所ではないから、聞き咎められることを恐れつつも、口の中で非礼を詫びずにはいられなかった。

碧燿の目の前に広がるのは、豪奢を極めた調度が彩る一室だった。彼女が出て来た扉を隠すのは、仙境のごとき深山を描いた画だった。名工の手によるものであろう画は美しく雄大で、その一部に切れ目があるのは、よほど目を近づけて見ないと分からないだろう。

隠し通路と同様に、部屋そのものも長く使われていないようだった。

床にはめ込まれた磚《タイル》こそ、色鮮やかで精緻な模様を描いているけれど、敷物は敷かれていない。見上げれば天井では龍が花と戯れ、梁《はり》も柱も窓も、絢爛かつ格式高い装飾が施されているのに、部屋の空気は淀んでいる。埃の積もり方に四角い跡が見えるのは、寝台か何かを運び出した痕跡ではないか、という気がした。

特にこの三十年というもの、太極宮に住まった皇族は少ないから、使われていない部屋があること自体は驚くべきことではない。

ただ、閑散とした部屋の片隅に、独楽《こま》が転がっているのを見て、碧燿の胸は痛んだ。

太極宮で寝起きした、小さな子供と言えば。

(ここは、先帝の部屋だった……?)

形と名ばかりの帝位に就けられ、祖母である太皇太后によって殺された先帝が、実際にはいつ、どのように亡くなったかは分からない。それでも、何も知らなかったであろう幼い子供がいた痕跡を発見してしまうのは切なかった。

亡き人に思いを馳せながら、碧燿は足音を殺して部屋を出た。後宮にいる者にとっては太極宮の位置は当たり前過ぎる常識だ。建物の外に出れば、すぐに昭陽門――外朝へと駆け抜けることができる。そう、思ったのだけれど。

「お、お前は――いったい、どこから……⁉」

掃除なのか見回りなのか、それとも物音を立ててしまっていたのか。老いた宦官と鉢合わせした碧燿は、即座に走り出すことに決めた。

（説明している、暇はない……！）

星朗を助けてもらえるかも、とも思ったけれど、宦官や宮女では宇文才人に逆らって強引に捜査をすることはできないのは、彼自身が言っていた通り。そもそも、どう見ても怪しい侵入者の言葉を信じてもらうには時間がかかりそうだ。

だから、助けを求めるなら皇帝である藍熾その人に。ここから昭陽門まで、捕まらないためには立ち止まったり迷ったりしている暇はない。

床を蹴って――驚きのあまり、身動きを忘れたらしい老宦官とすれ違いざまに、首を捻って言い捨てる。

「巫馬家の碧燿、彤史です。お叱りは後で受けますから……！」

「巫馬？　彤史⁉　待て、そのような格好で――」

憤然とした高い声は、すぐに後ろへと消え去った。そのような格好、とは、若い娘が男装していることに対してか、それとも内衣《したぎ》姿でうろついていることに対してか。

（あ、結構汚れてたからかも……？）

ちらりと自分の身体を見下ろせば、白い内衣は隠し通路を経てあちこちが汚れて黒ずんでいる。華美を極めた後宮、それも皇帝の寝殿に相応しい格好では、まったくない。

（この格好で、陛下にお目通りするなんて……）

不安と羞恥も、胸に過るけれど――構っている余裕は、もちろんなかった。

「曲者だ！　通してはならぬ！」

「すみません、至急の御用があるのです！」

「きゃあ――っ」

怒声と悲鳴を掻き分けて。時に伸ばされる手を掻い潜って、碧燿は駆けた。昭陽門に詰める兵と宦官が、目を丸くしている様が徐々に近づくのを見ながら、懐に手を入れて通行証を探る。

「通ります！　事情は後ほど！」

「あ、ああ――」

通行証の真偽を見極める暇が、あったかどうか。それとも、近ごろよく見かけていたであろう、碧燿の目立つ色の髪と目を認めてくれたのか。はたまた、単純に彼女の勢いに圧倒されたというなら、職務上、感心できないけれど。

とにかく、碧燿は今や後宮を出て、外朝にいた。

（早く、陛下のもとに行かないと、宇文将軍も今ごろ――）

通い慣れた清文閣の場所は分かっても、皇帝がこの時間にどこにいるはずなのかを碧燿は知らない。荒く乱れた息を整えながら、次の行動を考えていると――耳に馴染んだ声が、彼女の名を呼んだ。

「碧燿ではないか。そのような格好で、何があった？」

「義兄様……！」

声の主は、もちろんと言うべきか、義兄の巫馬珀雅だ。

整った顔に驚きと戸惑いの表情を浮かべているが、何があったのか聞きたいのは碧燿のほうだ。今日は本来は外朝に出向く予定ではなく、従って義兄の送り迎えは不要のはずだったのに。後宮との境界の、こんな奥にいるなんて。

（なぜ――でも、ちょうど良かった！）

駆け寄ってきた珀雅が口を開くより先、細かいことを問われる前に、碧燿は彼女の要求を突きつける。

「義兄様、陛下にお会いしたいのです。義兄様なら、どちらにいらっしゃるかご存知ですよね……⁉」

「待て。確かに陛下の居場所は知っているし、私のほうもお前に用があったのだが——その格好では駄目だ」

珀雅は、内衣姿の碧燿をしっかりと抱え込んだ。彼女の声と勢いは人の耳目を集め、周囲には野次馬が集まり始めている。彼らの目から、義妹を隠してくれたのだ。

一応は年ごろの娘らしく、兄の身体の陰に隠れ、頬が熱くなるのを感じながら、それでも碧燿は言い募った。

「ですが、着替えなんて——」

「ある。だから心配無用だ」

今から後宮に着替えを取りに戻る暇なんて、と言おうとしたのだけれど。珀雅は頼もしく、そして悪戯っぽく微笑んだ。

「戦いに臨む時は、相応の装いというものがあるだろう？」

表情といい、碧燿の耳元に囁いた声の調子といい、絶対に何か企んでいる時のものだった。

＊＊＊

藍熾の執務室に参上した宇文将軍は、武官としてではなく、夏天でも屈指の名家の当主として現れたようだった。がっちりとした体躯を包む金銀の絢爛な刺繍で彩られた袍は、朝廷に仕える官としては華美に過ぎる。見た目からして自家の力と由緒を誇示し、皇帝をも圧迫しようとしているのが明らかだった。

（まったく、臣下の分を弁《わきま》えぬ者の多いことだな）

先日の白鷺家といい、蓄えた財力や兵力を背景に皇帝を操ろうとする者たちの、なんと図々しく不遜なことか。

しかも、彼の即位に際して大功のあった白鷺家ならともかく、宇文家は最後の最後になってようやく旗幟を鮮明にしたのだ。藍熾自身への忠誠よりも、逆賊の誹《そし》りを受けないように、という打算があったのは見え見えだった。

「拝謁の名誉を賜り、恐悦至極に存じます」

「――俺に申し述べたいことがあるとか。いったい何ごとだ」

揖礼《ゆうれい》もそこそこに、眼光も鋭く彼を見据える宇文将軍に対し、藍熾は不機嫌に問うた。見た目ばかりは無骨な武人そのもののこの男は、彼に何かしらの奏上があるらしいのだ。

（用件は、だいたい察しがつくが……）

側近である珀雅の義妹、碧燿から、呆れるような話を聞かされたのはつい昨日のことだ。自身の昇進を他人に願わせ、しかも断られるのを見越して若い娘が罰せられるように仕向けるなど、卑劣としか言いようがない。

当てが外れて藍熾が激怒したのを聞きつけて、慌てて弁明に参じたのだろう、と思っていたのだが。宇文将軍の態度は堂々としたものだった。恥を知らない、とさえ言えるだろう。

「臣《しん》について、不本意な奏上をした者がいると仄聞《そくぶん》いたしました。臣の与《あずか》り知らぬこととはいえ、お耳汚しとなりましたこと、誠に申し訳もございませぬ」

「与り知らぬのか？　本当に？」

白々しい言い分に、自然、藍熾の声も視線も尖る。だが、宇文将軍は怯むことなく、朗々とした声を響かせた。

「無論でございます！」

憤然と言い切ると同時に、宇文将軍は一歩、藍熾のほうへと近づいた。当然のことながら彼は着席したまま臣下を迎えていたから、上背もある将軍に見下ろされる形になるのは不快極まりないことだった。

恐らくは、勢いで押し切ろうという魂胆もあるのだろう。拳を振り上げる身振りも交えて、宇文将軍は声高に言い立てる。

「先の乱の論功行賞はとうに定まっていること、臣が誰よりよく存じております。わざわざ過ぎたことを蒸し返されるのは、臣にとっては侮辱でしかございませぬ！」

怒りと呆れも度を越えると、言葉も思考も追いつかないものらしい。叱責するはずだった者に、逆に憤りを訴えられて、藍熾は咄嗟に声が出なかった。

（そうか……そういうことにしようというのか）

理解と嫌悪がじわじわと湧き上がったのは、たっぷり数呼吸かけてからやっと、だった。

宇文将軍の当初の狙いが、藍熾の怒りを碧燿に向けることだったのは、恐らくは間違っていない。思い通りにいかなかったのを察するや否や、自身に都合が良いように話を捻じ曲げようとしているのだ。

その判断力と強引さは、さすが、と言えなくもない。これほどの厚顔さがなければ、太皇太后の暴政が国土を荒廃させるのを横目に、日和見に汲々《きゅうきゅう》とすることなどできるはずもない。

「これは、巫馬家の陰謀でございましょう」

「……何だと？」

もちろん、宇文将軍の言動は、賢い処世術などとは到底呼べない。次から次へと飛び出す恥知らずな言葉は、毒か棘《とげ》のように藍熾の耳と頭に障った。

「本気で言っているのか？」

いっそ正気か、と問い質《ただ》したいくらいだったのだが、藍熾のうんざりとした気分を知ってか知らずか、宇文将軍はこの上なく大真面目な表情で頷いた。

「我が宇文家を貶めて利を得る者の筆頭が、かの家でございましょう。聞けば、陛下に件《くだん》のことを奏上したのも、巫馬家の娘であったとか。若い娘は愚かなものです。義父《ちち》や義兄《あに》に言われるがまま、ことの経緯も知らずに出しゃばったのでしょう！」

「あの娘はそのようなことはしない」

放っておけばどこまでも続きそうな長広舌を遮って、藍熾は短く斬り捨てた。彼が知る限り、碧燿という娘は人を陥れるような悪意や器用さとは無縁なのだ。

（愚かではない、とは断言できないが……）

皇帝の怒りを買うことを、あれほど恐れない者はほかにはいない。あの向こう見ずさは、決して賢いとは言えないだろう。

ただ――宇文将軍とは違って、あの娘が述べることには常に理がある。

だからこそ藍熾の神経を逆撫ですることもあるのだが、それで罰すれば彼の恥になることは分かっているから、怒りも苛立ちも収めざるを得ない。何より、あの頑ななまでの正しさは、陰謀に慣れた身には眩しいほどに好ましく見える。

「後宮の数多の美姫を顧みずに捨て置きながら、女官風情をずいぶんとお気に召したご様子。ご寵愛を受けるべきでない者に対しての過分の厚遇は、風紀の乱れに繋がりましょう」

　碧燿の真っ直ぐな眼差しを思い出して、藍熾は表情を緩めてしまったのだろうか。宇文将軍の目が、疑わしげに細められた。

「色気も何もない、少年のような娘だぞ。そのような気が起きるものか」

　内心しまった、とは思ったものの、これは言い訳でもなんでもない。彼が後宮を顧みないことに、碧燿は何の関係もないのだから。

（ことあるごとに嫉妬で嫌がらせをし、あまつさえ人を殺めるような女どもと、どうして好んで関わりたいと思うものか……！）

　ただでさえ妃嬪たちに特段の興味はなかったが、過日の放火の件で決定的な嫌悪が芽生えていた。

「あの娘は彤史に過ぎない。妃嬪ではないのだ」

　見た目はどれほど美しく着飾っていたとしても、毒虫のような内面を隠しているかもしれないと思うと、妃嬪たちに触れるのは厭わしい。

（……だが、あの娘に触れるのは躊躇わなかったな、俺は）

　頬に触れたり、頭を撫でたり。……思えば、年ごろの娘に対してすることではなかった。女らしさをまるで感じないからこその気安さでもあるのだろう。

「頼もしい御言葉です」

藍熾自身は、内心で密かに得心したのだが。疑わしげに目を細めた宇文将軍は、皇帝の言葉をまったく信じていないようだった。

「が、であれば外朝を混乱させるような真似はやめさせるのが君子の振る舞いというものかと存じます。色気はなくとも男装でも、若い娘がうろうろしていれば官の心は乱れましょう。此度のように、良からぬことを引き起こす恐れもございます」

宇文将軍は、要するに藍熾から碧燿を遠ざけたいらしい。それによって、巫馬家を牽制できるという肚《はら》もあるのだろうか。

さりげなく騒ぎを起こしたのは碧燿が元凶であるかのようなもの言いをするのは、卑怯で姑息で欺瞞に満ちていて、藍熾の苛立ちを掻き立てる。

(あの娘はそのようなことはしない……！)

先ほど告げた言葉を、心の中で繰り返す。

清文閣の書庫で間近に顔を突き合わせた時も、碧燿の装いはごく地味な飾り気のないものだった。だが、彼を真っ直ぐに見つめる碧の目の輝きは好ましかった。化粧や玉で飾り立てた美ではなく、あの娘の歪みのない心が眩しく見えたのだろう。

宇文将軍は、碧燿を見たことがないのだろうし、会ったところで彼女の気質を認めなどしないだろう。よって、藍熾は宇文将軍の讒言《ざんげん》を短く両断した。

「要らぬ世話だ。僭越である」

「陛下！」

皇帝である彼が一喝したにも拘わらず、宇文将軍は黙らなかった。それどころか、外に控える者たちにも聞かせようとするかのように、いよいよ声を高めて空気を震わせる。

「臣は、あくまでも外朝の秩序のために申しております！　巫馬家の功がいかに大きく、声望がいかに高くとも、分を弁えねばなりませぬ。かの家の長子も養女も、陛下のご寵愛を笠《かさ》に着て増長しているのではございませぬか？　少なくとも、懸念する者はおりましょう。諸官の不安を払拭するためにも――」

「……懸念する者の筆頭がそなたであるようだな……！」

いかに白々しくとも、諸官の感情を持ち出されると、無下に退けることもできないのが厄介だった。

相手が男であれ女であれ、目立った寵を受ける者は妬まれるものだ。それが同じ家の兄妹となれば、確かに不満を抱く者も出るだろう。些細な悪意の燻《くすぶ》りも、宇文将軍は家名と財力をもって煽り立てるに決まっているのだ。

（さて、どう言えば納得するか――）

苛立ち、指先で卓を叩きながら、藍熾は思案する。皇宮において纏う袍は、鎧や冑《かぶと》の武装に比べれば遥かに軽い。だが、彼の動きを縛るしがらみは、対照的に息苦しいほど重い。

（剣が欲しいな）

戦場で敵を斬り捨てるように、剣の一閃で不快の源を断ち切ることができればどれほど良いか。埒《らち》もない、しかも危険な考えに藍熾が取り憑かれかけた時――若々しい青年の声が涼やかに響いた。

「失礼。陛下に至急の御用がございます」

話題にも上っていた彼の側近、珀雅の声だ。

「陛下はお忙しい――」

「構わぬ。入れ」

宇文将軍は、珀雅の声を聞き分けてはいないようだった。邪魔するな、と言いたげな出過ぎた言葉を遮って、藍熾は短く許可を与えた。宇文将軍は巫馬家の陰謀を主張しているのだから、その嫡子の言い分を聞くのは重要かつ当然なことだ。

入室した珀雅は、横目で鋭く宇文将軍を睨んでから藍熾の前に跪いた。本来は非番の日だからか、武官の公服ではなく、名家の貴公子然とした煌びやかな衣装を纏っている。あるいは、視覚から宇文将軍を威嚇する腹積もりなのか。

とにかく――藍熾は、珀雅の傍らに膝をついた華奢な人影に目を留めて、心中首を傾げた。

（……誰だ？）

無論、彼はその女が何者か知っているはずだった。燃えるような赤い髪も、伏せた濃い睫毛の間から覗く翡翠の色の碧い目も、そうそう見るものではない。

だが、それでも戸惑わずにいられなかった。

彼女が戴《いただ》くのは、芙蓉《ふよう》の花を象《かたど》った金の冠。炎の色の髪がよく映えて、本物の花が朝焼けに染まる様を思わせる。頬や目蓋を品良く彩る薄紅色も花のようで、花鈿《かでん》には小さな真珠があしらわれているのもさりげない贅だった。

頭を垂れるとしゃらしゃらと鳴る歩揺《ほよう》にも耳飾りにも、ふんだんに翡翠がちりばめられて、同じ色の目を持つ彼女のために造られたのだということがよく分かる。

床に引きずるほどの披帛《ひれ》はどこまでも軽く薄く、天女の羽衣のようで肩の細さを引き立てる。そして、流行に反して高い襟は首のしなやかさと項《うなじ》の白さを。

帯や衫《ブラウス》の袖口を彩る刺繍の細やかさ、ゆったりとした袖の上衣と長い裙《スカート》の、目も綾な絹地の重なりの優美なこと。

どれも完璧に調和して、彼女の気品と淑《しと》やかな美を引き立てている。

だが、藍熾が思い浮かべた名の娘は、女らしい淑やかさとは無縁の存在だ。目の前にいる眩い美姫と、心に抱いた真っ直ぐ過ぎる眼差しの印象がどうにも結びつかなくて、目眩のような感覚さえ覚えるのだが——

「お目通りをお許しいただき、誠に嬉しく存じます」

　ただ、その美姫が紡いだ凛とした声は、近ごろ聞き慣れたあの娘のものに違いなかった。

＊＊＊

　皇帝に対して礼儀に適うだけの長い間、頭を垂れてから——ゆっくりと立ち上がった碧燿は、藍熾の表情を見て内心で首を捻った。

（……どうしてあんなに驚いたお顔をなさっているんだろう）

　深い色の藍色の目が見開かれると、瑠璃《るり》を陽に透かしたような美しい青を覗かせる。常に傲慢な雰囲気を纏う御方が戸惑ったような表情を見せるのも、畏れ多くも貴重な光景なのだろう。

　ただ、何かとても奇妙なものを見るような目を向けられるから、碧燿としては落ち着かない。思い当たる理由といえば——

（そういえば、こういう格好でお目にかかるのは初めてだったかも）

　芳林殿の火事から救われた時は、纏っていた衣装は無残に焼け焦げていた。だから藍熾は碧燿の女装を見たことがなかったかもしれない。

一刻も早く目通りを、と主張する義妹を、珀雅は強引に着飾らせたのだ。何かしらの伝手で、宇文家の陰謀を知ったようなのはさすがというか頼もしいというか。反撃するなら当事者である碧燿も臨席させるべきだ、という判断は正しいし、昭陽門で落ち合えたのは僥倖でもあった。

『でも、こうしている間にも宇文将軍が――兵は拙速を尊ぶのではないのですか』

宇文才人の非道を訴えるなら、いっそ汚れた内衣姿のままのほうが説得力があるのでは、とも提案したのだけれど、若い娘がとんでもない、と退けられた。

『勝兵はまず勝ちてしかる後に戦いを求め、とも言うだろう？　備えを怠ってはならないのだよ』

そういう珀雅自身も、碧燿に劣らず豪奢な装いをしていたし、藍熾の御前に上がってみれば宇文将軍も同様だった。だから、経験豊富な武人の言葉は正しかったということなのだろうけれど。

どこか満足そうな顔をしている珀雅が視界の隅に映ると、ちょっとした邪推が碧燿の胸に過ってしまう。

（陛下を驚かせたかっただけではないでしょうね、義兄様……？）

そうだとしたら、我が義兄ながらなかなか御しがたい性格をしているような気がしてならない。

横目で睨んだ碧燿を、珀雅は麗しい微笑で宥めた。その隙に、藍熾は気を取り直したようだった。

「――巫馬宣威《せんい》将軍、珀雅。義妹にして彤史の碧燿。俺に至急の用とは何ごとだ」

低く鋭く問うた声は、いつもの堂々とした響きを取り戻していた。碧燿は、何となく安心しながら改めて揖礼《ゆうれい》し、口を開く。

最初に言うことは、決めていた。

「宦官がひとり、景寿殿を賜る宇文才人に捕らえられております。宇文才人が、夜になると同時に命を奪うと言っていたのを、この耳で確かに聞きました」

「何を、馬鹿な――」

やっと直に顔を合わせることになった宇文将軍は、いかにも武人然とした貫禄《かんろく》たっぷりの男だった。

碧燿を遮ろうと張り上げた声も朗々として、戦場では敵を恐れさせ味方を鼓舞したことだろう。碧燿と星朗を捕らえたのは宇文才人の独断であり暴走だろうに、咄嗟に黙らせなければ、と考えたなら判断力もある。

でも、いかに手練れの武人が凄《すご》もうと、皇帝に直言することと比べれば何も恐ろしくない。

「私も共に捕らわれたところ、星朗というその宦官が逃がしてくれたのです。恩人を見捨てることなどできませんし、重要な証言を持っている者でもあります」

だから碧燿は、軽く眉を顰めつつ聞き入る構えの彼に、なるべく端的に、早口に述べた。こうしている間にも、いつ、宇文才人が良からぬ気まぐれを起こすか分からないのだ。

「陛下の御名において、景寿殿を取り調べるご命令をくださいますよう――」

ことの真偽を糺《ただ》すために、いくつかの問答はあるだろうと考えていた。そのどれに対しても淀みなく答えるべく、心構えもしていた。

「分かった」

けれど、藍熾は驚くほどあっさりと頷くと、猛獣を思わせるしなやかな動きで音もなく立ち上がった。そうして、目を丸くする碧燿を横目に、控えていた侍者に短く命じる。

「景寿殿とやらに踏み込め。抵抗は許さぬと伝えよ」

「陛下！　なぜその娘の申すことを鵜呑みになさいますか！」

宇文将軍が声を荒らげたのも当然だった。何なら碧燿も同じことを尋ねたかった。こうもあっさりと信じてもらえるなんて、不安になってしまうくらいだ。

（偽りだったら、とは思わないのですか……!?）

怒りと焦りで顔を歪める宇文将軍と、微笑を絶やさぬ珀雅と。そして、驚きと、少しばかりの喜びに胸を高鳴らせる碧燿と。

三者三様の表情を見せる臣下を等しく見回しながら、藍燉は書簡の積み上がった卓を離れ、碧燿たちと対峙した。同じ目線に立っただけのはずなのに、何段もの高みから見下ろされるような心地がするのは、さすが皇帝の威厳というものだった。

「虜囚がいて、しかも殺す気だと言うのだ。悠長に問答している暇などなかろう」

「そ、それは——」

藍燉の声も表情も平静そのもの、彼にとって当たり前のことを告げただけのようだった。

なのに、宇文将軍は厳しく叱責されたかのように言葉を詰まらせた。老獪《ろうかい》なはずの武人が気を取り直すのに、たっぷり数秒はかかっただろう。

彼の知らないところで娘がいったい何をしでかしたのか。どう庇い、どう言う繕うべきか、泳いだ目の裏で必死に考えていたことでもあるだろう。

「で、ですが！　我が娘のことでございます。才人とはいえ、歴《れっき》とした陛下の妃嬪の！　小娘の言葉を真に受けて、それも卑しい宦官のために、その殿舎に踏み込むとは何という侮辱……！　娘に対し、ひと欠片のご厚情も示してはくださらぬのですか⁉」

父の情を振りかざし、皇帝に夫としての立場を説く——宇文将軍は、巧妙に抗い辛い理屈を捻り出した。けれど、そのあざとく狡猾なもの言いも、火花を帯びる藍色の眼差しが鋭く斬り捨てる。

「宦官とはそもそもすべて皇室の奴婢である。我が所有物を許しなく損なうは不敬であり大罪に当たる」

「陛下……！」

藍熾が述べたのは、建前だ。実際には、些細な罰や主の八つ当たりによって、宦官や宮女の命が失われることは珍しくない。そんなことを気に掛ける者は、特に貴人にはまずいないのだ。

でも、皇帝その人がその建前を持ち出せば、逆らえる者もまたいない。だからこそ宇文将軍は絶句したのだ。

一方の反論を封じておいて、藍熾は、今度は碧燿に目を向けた。

「そして、我が妃嬪をゆえなく誹るのも、許されぬこと。――お前のことだから根拠はあるのだろうな」

「もちろんでございます、陛下」

公平な裁きを心掛けたのだろう、碧燿に向ける藍熾の目も、鋭く厳しいものだった。

（でも、望むところ……！）

お前のことだから、と言ってもらえた。碧燿は、根拠なく他者を誹謗したりはしないだろう、と。ここぞとばかりに、碧耀は珍しくも紅を刷いた唇を笑ませ、滔々《とうとう》と述べる。

「その宦官は、仕える宇文才人、ひいては父君の将軍の企みを報せてくれたのです。陛下もご承知の、先日の奏上——あれを、将軍を貶めるための、私や巫馬家の陰謀に仕立てるおつもりだったとか」

「貶める！　今まさに、貴様がやっていることではないか！」

碧耀が息を継ごうとした瞬間、宇文将軍がすかさず叫んだ。同時に、藍熾の目にうんざりとした色が浮かんだのは、たぶん、まさに碧耀が述べた通りのことを将軍が主張していたからだろう。

「陛下を讒言《ざんげん》で惑わせるとは、何たる毒婦か！　これが巫馬家のやり方か。父祖は、泉下でさぞ嘆いているだろうな！」

宇文将軍は、碧耀だけでなく珀雅にも攻撃の矛先を向けた。けれど——

「控えよ、宇文将軍。俺は今、こちらの娘の話を聞いている」

義兄が応じるまでもなく、藍熾は簡単な手ぶりで将軍を黙らせた。

「——言葉だけでは証拠にならぬ。お前は、いかにして宇文将軍の主張を退けるのだ」

いまだ鋭い視線が捉えるのは、あくまでも碧耀だけだ。

彼女は剣など持ったことはない非力の身だけれど、実力の釣り合った相手と刃を交える時は、このように心が弾むのかもしれない。そんな、柄にもないことを思ってしまうくらいに、藍熾は彼女を信じ、次の一手を促してくれている気がした。

「星朗という宦官は、宇文将軍と才人の手紙のやり取りを持ち出してくれました——が、その手紙は才人に破られてしまいました」

「では、証拠はないのではないか！　貴様の言を認めるとしても、その宦官は盗人であろう！　いや、それとも巫馬家に通じた裏切者か——いずれにしても、娘が罰するのは当然のことだ！」

宇文将軍の得意げな横やりでさえ、今の碧燿には楽しかった。振付を打ち合わせた剣舞のようなもの、余裕の笑みで鋭い一撃を返すことだって、いとも容易い。

「盗みへの罰なら、堂々と笞《むち》でも棒でも打たせれば良い！　人目を忍んでわざわざ拘束するのは、堂々と罰せられない事情があるからではないのですか！」

皇帝のための空間だけあって、背の高い男三人がいてもなお執務室は広く、かつ天井は高い。腹に力を込めて喝破《かっぱ》すると、碧燿の声はその高い天井によく響いた。

その残響が消えぬうちに、彼女は一歩、藍熾へと足を進めた。重いほどに頭に挿した歩揺が、しゃらり、と澄んだ音を奏でる。

「陛下。宇文才人が宦官を捕らえ、しかも隠したこと、それ自体が証拠となりましょう。そして、その事実を確認してくださったなら、宇文将軍の邸宅を捜査することも認めてくださいますように」

宇文家の陰謀の証拠は、確かに碧燿の手元にはない。けれど、宇文才人は、まだ父君に星朗の裏切りを伝えていないらしい。陰謀が露見する可能性に、将軍はまだ気付いていなかったのだ。それなら――

「宇文才人は、父君に手紙の返事を送ったでしょうから。やり取りの片方からだけでも、事態の全容を窺い知ることはできましょう。少なくとも、悪意があったことは明らかになるはず……！」

目の前の書簡を破棄しただけで、証拠の隠滅が叶ったなどと思うのは浅はかだ。手紙とは、ふたりの人間の間で行き来するものであって――というか、そもそも思惑を文字に書いて記す、という行為を甘く見過ぎているのだ。記録とは、ほかの者が後々内容を確かめるためにこそあるものなのだろうに。

「我が家は夏天の建国以前からの名家……小娘の言だけを理由に暴かれるなど……」

もちろん、宇文将軍が容易く認めることなど、保身からも矜持からもあり得ない。藍熾の命令を改めて乞うべく、碧燿が息を吸った時――けれど、珀雅の涼やかな声が割って入った。

「では、私からは証人を出しましょう」

「証人だと？　何者だ？」

　さらりと述べた珀雅は、疑わしげに目を細める藍織に微笑んだ。絶対に、碧燿と宇文将軍のやり取りが一段落するのを待っていたに違いない。双方が手札を出し尽くしたところで、決め手となる情報を出すつもりだったのだ。

（やっぱり油断できない方……！）

　図らずも同じ思いを抱いたであろう、ほかの三人の視線を一身に集めた上で、珀雅はどこまでもにこやかに述べた。

「柴郎中なる官が、巫馬家を訪ねて——というか、父に泣きついて参りました。宇文将軍の口車に乗って陛下のお怒りを買ったゆえ、どうか執り成しを、と」

　人当たりの良い笑みは、義兄がよく浮かべる表情だ。けれど、この時ばかりは、宇文将軍に向けた眼差しは冷ややかで鋭く、しかも嘲りを含んでいた。人心の掌握のし方がなっていない、と。武人としての先達に物申すかのようだった。

　若造からの軽侮《けいぶ》を受けて、将軍の頬に朱が上る。

「違う！　我はそのようなことはしておらぬ！　柴郎中とやらは巫馬家の子飼いなのであろう！」

　宇文将軍に詰め寄られた珀雅は、懐から一通の書簡を取り出した。そんなものを隠し持っていたとは、碧燿は今までまったく知らされても気付いてもいなかったのに。

「あ、証拠も預かっております。宇文将軍の功績を陛下に再考していただくための資料は、ほかならぬご本人から授かったとか。それを受け取った際のやり取りを、念のために保管していたとのことで」

どうやら、柴郎中の立ち回りの慎重かつしたたかなこと、宇文将軍のさらに上を行くらしい。そもそも変な企みに関わらなければ良いのに、とも思うけれど。

「そのようなものが残っているはずがない！　偽物だ！　巫馬家が捏造したのだろう……！」

そして、珀雅は確かに皇帝に重用されるだけのことはある。宇文将軍から、またとない失言を引き出したのだから。

やれ、と言いたげな義兄からの目配せに頷いて、碧燿は止《とど》めとなる一撃を繰り出した。

「まるで、そのようなやり取りの本物があるかのような仰りようですね」

宇文将軍の立場なら、巫馬家の捏造だと主張することまでは当然の足掻きだ。けれど、残っているだとか偽物だとかの表現は、口を滑らせたとしか言いようがない。

「破棄するように命じていたのに、ということか」

「柴郎中は命令に背いて証拠を保管していたのです。将軍を信じていなかったのか、後々脅すつもりだったのか——まあ、ご当人はまた違うことを仰るでしょうが」

軽蔑も露に吐き捨てた藍熾に、珀雅は穏やかな苦笑を浮かべて付け加えた。

（柴郎中……宇文将軍の悪意を見抜いていたからとか言うつもりなのかな……）

たった二回しか会ったことのない人物ではあるけれど、いかにもありそうだと思ってしまうのは、偏見だろうか。それくらい調子良く本音と建前を使い分けないと、外朝では生きていけないのだろうか。

（ともあれ、これで解決のはず……！）

証明しようのない柴郎中の本心については、言わぬが花、邪推しないでおくのが嗜みというものだろう。

柴郎中のお陰で、証拠と証人の目途も立った。藍熾が、珀雅から書簡を受け取るのを眺めつつ、碧燿は肩の力を抜いた。

「陛下……このような小僧と小娘の戯言を真に受けるのですか！　夏天の皇帝ともあろうものが、嘆かわしい……！」

宇文将軍はまだ喚いているけれど、騒ぎ立てるほど藍熾の心証が悪くなるだけ。この件が罪になるかどうかは分からないけれど、少なくとも今後の評価には関わるだろうし、巫馬家に悪評が及ぶ恐れもなくなった。宇文才人も、これまで通りの強気ではいられないだろう。

だから、碧燿としては宇文家のことはもう忘れたかったのだけれど。

「陛下を惑わす女狐めが！　実の父と同様、口先だけで手柄を立てるのが得意なようだな！」

宇文将軍の、苦し紛れに放ったであろうひと言は、碧燿に頭が殴られたような衝撃を与えた。

「宇文将軍。今の仰りようはあまりに無礼だ」

表情を強張らせた碧燿を庇って、珀雅が抗議してくれる。

義兄がはっきりと眉を寄せて声を尖らせるのは珍しい。義妹の心中を察してくれたのは嬉しいし、宇文将軍を刺激すべきでないのは分かっているけれど——でも、黙っていることなどできなかった。

「父が——口先だけと、仰いましたか。そして、私も？」

碧燿、と。珀雅が窘めたけれど、もう遅い。碧燿は、宇文将軍を睨みつけ、挑戦的に詰問していた。

「そうだ！　誰もが知っていることをわざわざ口にしただけで憂国の士扱いとは片腹痛い！」

体格でも年齢でも遥かに勝る将軍に、威圧的に見下ろされ、轟く嘲笑を浴びせられても、碧燿は一歩も引かずに昂然《こうぜん》と胸を張っていた。それが生意気だとでもいうのか、宇文将軍は顔を赤黒く染め、指を碧燿の鼻先に突きつける。

「戦場に立ち自らを危険に晒し、自らの手で敵を屠《ほふ》ることに比べれば、なんと容易いことか！　大方、貴様も父を見て味を占めたのであろう……！」

「ならば、貴方がやれば良かったのに。簡単なことなのでしょう？」

碧燿だって、宇文将軍に劣らず怒り心頭に発している。でも、だからこそ見苦しく怒鳴ったりしない。相手の矜持をより深く傷つけるべく、首を傾げて冷静に笑ってやる。

「そうすれば、父の名声は宇文家のものでした。ご息女も、才人ではなく貴妃に列せられていたかもしれないのに……！」

「何を――」

宇文将軍は、巫馬家だけでなく碧燿の実父をも妬んでいたのかもしれない。自身や娘の待遇に不満を抱き、どうしてほかの者たちだけが、と怨みを燻らせていたのかも。

（くだらない。そんなことができるのも、命があればこそ、じゃない……！）

碧燿は実は、笑っているのではない。怒りのあまりに、顔が引き攣っているだけだ。声も言葉も、彼女自身が思うほど落ち着いてはいないし、震えたり詰まったりもしている。藍熾と珀雅が眉を寄せているのも、視界の端に見えてはいるのだけれど――

でも、止めることなどできなかった。

「父は死を賜り、貴方は生きている。それがすべてです。貴方は命を惜しんで名声を捨てたのです。無論、だからといって恥じ入るべきとは思いませんが」

言葉とは裏腹に、宇文将軍の怯懦《きょうだ》を嘲って。そして、碧燿は衫《ブラウス》の合わせに手をかけた。胸元をはだけさせて、肌に赤黒く残る焼き印を、はっきりと見せつける。

「父だけでなく、母も苦しみと悲しみの中で亡くなりました。私も、一度は官奴に落とされたのです。一族を同じ憂き目に遭わせたくないと思われるのも当然のことでしょう。ただ――」

込み上げる感情をやり過ごすために、碧燿は俯いて深く息を吸って、吐いた。怒りに任せて、年配の相手を罵り嘲ること、それ自体も褒められたものではない、見苦しい行いだ。でも、さらに涙まで見せてしまうのは悔し過ぎる。

今回の幼稚な陰謀なんかどうだって良い。世間や後世にどう評価されようと関係ない。碧燿は父に生きていて欲しかった。もっと一緒にいたかった。

「父の行いが口先だけだったなどとは、断じてあり得ません！　国のために命を懸けることに、文官武官の別があるものですか。貴方こそ……いったい！　何を……っ、していたの、ですか⁉　形ばかり陛下に従うのではなくて。もっと早く動いてくれていたら、父は――っ」

宇文将軍の日和見について、これほど直接に問い詰めた者は、これまでいなかったのかもしれない。皇帝である藍熾でさえ、宇文家を憚って強く責めたりはしなかったのかも。

将軍の顔がいっそうどす黒く変じ、岩のような拳がしっかりと握られたのは、だから無理もないことなのかもしれない。

「黙れ、小娘……！」

「──っ」

宇文将軍の拳が、碧燿に迫る。官奴だったころに殴られた記憶が、その時の痛みと恐怖が、彼女の身体を竦ませる。

あのころよりも身体は大きくなったけれど、宇文将軍の力は、もちろん後宮の宮女や宦官よりもずっと強いだろう。

（嫌……！）

ぎゅっと目を閉じた碧燿の耳に、拳が肉を打つ嫌な音が響く。けれど、痛みも衝撃も訪れなかった。それどころか、彼女の身体は温かい何かに包まれる。低い声が、やけに近くに聞こえて、身体に響く。

「若い娘が、自分から肌を見せるな！　お前、先日のほうがまだ理性があっただろう……！」

藍熾が、身を挺して碧燿を守った。宇文将軍の拳は、皇帝の玉体に当たったのだ。

三人分の喘ぎが響く。皇帝への加害は、言い訳の余地がない反逆で、死に値する重罪だ。

「へ、陛下……これは――」

宇文将軍の顔から、みるみるうちに色が失われていく。対照的に、碧燿は頬が熱くなるのを感じていた。

(……なんで、どうして……?)

なぜ、彼女は藍熾にしっかりと抱え込まれているのだろう。庇ってくださったのはありがたくもったいないことだけれど、突き飛ばすとかほかに方法があっただろうに。さりげなく腕を突っ張って、放して欲しいと訴えても、逞しい腕の力は緩まない。焼き印を見せたのは、確かに慎みがなかったかもしれないけれど、放してくれたら自分で着付けを直せるのに。

「この娘は、過日の芳林殿の火災から救い出したばかり。この俺が自ら炎に飛び込んだのだ。それを無にする気か⁉」

藍熾の叱責も、どこか的外れなものだとしか思えなかった。何よりもまずこの場で追及すべきは、絶対にそこではない。皇帝に拳を向けるなどという暴挙よりも先に、碧燿のことで藍熾が不快を示しているのは――

(女官も皇帝の所有物だから。そう、だよね……?)

自らの所有物を目の前で損なわれかけたら、それは怒る。それ以外では、あり得な

（そうでなかったら……まるで、私のことが――）

藍熾に大切にされているようだ、なんて。図々しい思いつきに恥じ入って、碧燿は藍熾の胸にしがみついた。赤くなっているであろう顔を隠したい一心だけれど、これはこれではしたないのが、とても困る。

「い、いえ！　そのようなことは、決して」

碧燿の視界に入るのは、もはや藍熾の袍の織り目だけだった。

宇文将軍の表情はもう見えないけれど、衣擦れの音からして、どうやら平伏したらしい。息を吸って、寛恕《かんじょ》を乞う言葉をひたすら連ねようとしたのだろうけれど――藍熾は、そんな言い訳を許さない。

「そなたの意向はよく分かった。要は、手柄を立てる機会が得られぬのが悪いのだな。そなたの武勇を生かす場所は、皇宮にはないようだ」

藍熾の声は、決して荒々しいものではなかった。けれど同時に、怒りと侮蔑をありありと滲ませていた。虎や獅子が鼠を震え上がらせるのに、高らかに咆哮する必要はない。ただ牙を剥けば十分だということだろう。

「そなたには月関《げっかん》の鎮撫《ちんぶ》を命じる。国境を平定するまで何年かかっても構わぬ。男所帯では不都合も多いであろうから、娘を含めた一族を帯同することを許す！」

藍熾が告げたのは、しばしば蛮夷《ばんい》の襲撃を受けるという辺境の地名だ。都の繁栄を遥か離れた遠い荒野に、娘やそのほかの一族ともども追放する——それが、此度の件に下された判決となったのだ。

終章　碧玉《へきぎょく》の目と燿《かがや》く髪の

宇文《うぶん》将軍は、一族や麾下《きか》を引き連れて都を離れた。柴郎中《さいろうちゅう》の証言と、宇文家から押収された書簡、それに、景寿殿《けいじゅでん》から救出された星朗《せいろう》の存在が、将軍の陰謀を裏付けたのだ。

皇帝へ拳を上げたことの罪を問われれば、一族誅滅を申し渡されてもおかしくないところだったから、さすがの宇文将軍も従容《しょうよう》として従ったようだ。ことの本当の次第が噂になれば、それこそ古い名家の評判は地に落ちる。追放で済んだのは、藍熾《らんし》の慈悲ですらあるだろう。

後宮の記録に加わったのは、次の一文だけだった。

宇文才人、後宮を辞して父に従って月関《げっかん》に発《た》つ。

彼女の嫉妬も鬱屈も、碧燿《へきよう》に対する悪意も、あえて記録に残されることはない。記述だけを見れば、まるで父に尽くす孝女のようだ。

そのほうが良いのか、悪名でも良いからもっと爪痕を残したかったと思うものなのかは、碧燿には分からなかった。

事件が一件落着してからしばらくの後、碧燿は星朗と共に後宮の一角にいた。彼と碧燿の父との因縁、そして、隠し通路を知った経緯について、約束通り話してもらう余裕がようやくできたのだ。

初めて明るいところで顔を合わせる星朗は、やはり整った顔をしていた。白い肌は昼の陽射しの下ではいっそう眩しく、木々の緑の影が落ちるのが実に映える。

でも、藍熾のような猛々しさや、珀雅のような猛獣めいたしなやかさとは違う、どこか婉やかな美は宦官ならではのもの。それと引き換えに彼が失ったものを思うと、痛ましさを感じてしまって単純に見蕩《みと》れることはできなかった。

「私は、先帝の遊び相手として後宮に召し出されたのです。といっても、拝謁したことは一度もございませんが」

碧燿の勝手な哀れみを余所に、星朗は淡々と語る。

例によって迂遠な言い回しは、はっきりと言及するにはあまりに残酷なことだから、なのだろうか。それでも想像するのは容易いから、碧燿の胸は痛んだ。

（星朗さんが後宮に入った時、先帝はもう……）

悲しく、そして同時におぞましいことだ。幼い子供が殺されたことそれ自体も、もはやいない幼帝のために、見目良い子供たちを集めて深い傷を負わせることも。

「ほかにも同じ年ごろの童子や、美しく優しい宮女も揃えられておりました。好きなだけ菓子を貪《むさぼ》っては遊び暮らす、楽しく和やかな日々ではあったのですが」

けれど、星朗は懐かしげに微笑みさえした。彼の深い色の目には、かつて、太極《たいきょく》宮《ぐう》で同輩たちや宮女たちと戯れた時の光景が映っているかのようだ。

「ただ――やはり、子供心にも何かおかしい、とは思っておりました」

「……はい」

それはそうだろう。相槌を打ちながら、碧燿は思う。

噂通りなら、主のいない太極宮には毎食のように豪勢な食事が運ばれていたとか。太皇太后が取り繕おうとしたのが外から見た体裁だけでなく、内部の星朗たちにも幼帝が生きているかのように振る舞わせていたのだとしたら。見えない主、あるいは友人の存在に、幼い星朗たちはさぞ首を傾げたことだろう。

星朗は、視線を太極宮のほうへ、次いで景寿殿の方角へと巡らせた。その動きによって、あの隠し通路の存在をほのめかす。碧燿側で起きたことの報告の中で、藍熾にもその存在を伝えているけれど、塞ぐための工事が行われる気配は、まだない。

「宦官の間には、例の通路が口伝《くでん》で伝わっていたとのことで、手引きしてくれる者がおりました。太極宮さえ出れば、宦官は外朝に遣いに出向くこともありますから、怪しまれずに巴公侍郎《はこうじろう》にお目に掛かることができました」

ここに至ってようやく、父と星朗の接点が見えた。

父は、幼い星朗を前にして、膝をついて目線を合わせて語りかけただろう。安心させようと、笑顔を作る姿が目に浮かぶようだった。相手が子供だから、宦官だからと権高に振る舞うような人では、決してなかったから。

胸に溢れる懐かしさを吐き出すように、碧燿は囁いた。

「父は、貴方から証言を得ていたのですね……」

「太極宮におわすはずの陛下のご様子を教えて欲しい、と問われました。私は——そんな方はいない、と答えてしまったのです」

頷いた星朗の表情が、憂いと悲しみを湛えている理由は、想像がつく。幼い彼の正直な言葉は、重大な結果をもたらしただろうから。

「父は、喜んだだろうと思います」

娘として責任のようなものを感じて、碧燿は星朗を慰めようとした。

「はい。なので、私は良いことができたと安心したのです。……その時は」

星朗の憂い顔は晴れなかったけれど、碧燿の言葉は気休めではない。

星朗に接触するまでに、父は途方もない時間と手間と費用を掛けたに違いなかった。隠し通路なんていう存在を知っている者を引き当てるのは、絶対に簡単なことではないのだから。

星朗の証言が得られた時、父は苦労が報われた、と考えただろう。これで先帝の死の告発に踏み切れる、と。

（真実を求めることは、本当に大変なこと……）

今になって新たに知った亡父の偉業というか執念を思って、碧燿は深々と溜息を吐いた。中天に輝く夏の太陽と裏腹に、星朗の面が暗く翳《かげ》ったままなのも、きっと彼女と同じ感慨に耽《ふけ》ったからだろう。

「先帝の死を暴露されて、太皇太后は激怒なさいました。……それまで、私どもにとっては慈悲深い女神のような御方だったのですが。秘密を漏らした者がいるだろう、ということで、皆——私も、殺されるはずでした」

太皇太后は、従順で都合の良い駒である限りは、見目良い子供たちを愛《め》でたのだろう。けれど、裏切られたと知った以上は容赦しなかった。裏切者が誰か、何人いるのかを調べる手間さえ省いて、全員にその責を負わせた。

あの暴君の気性の激しさは、ほんの短い間官奴であっただけの碧燿にも、身に染みて分かっている。

「助かったのは——あの通路に逃げ込むことができたのは、ほんの数人です。私のせいで、多くの友が無残に命を奪われました」

「星朗さんは、どうなるかまでは知らなかったのでしょう。気に病まれるのは、父の本意ではないと思います」

「……ありがとうございます」

碧燿が精いっぱいの言葉をかけても、星朗の表情が晴れることはなかった。微かな笑みも強いて浮かべたもので、心からのものではないのが分かってしまう。

「念のために申し添えますと、巴公侍郎に怨みなどございません。このように卑しい者にまで、逃げる道を考えてくださった御恩は、片時も忘れたことがありません」

星朗がわざとらしいほど明るい声を上げるのが申し訳なかった。碧燿の表情も翳《かげ》ってしまったのだろうか、彼の笑みもすぐに褪せて、悲しみの紗が整った顔を曇らせる。

「……なので、あの御方のご家族のことについては、ずっと心を痛めておりました。私どもを気に掛けなければ、奥方やご息女を逃がすよう手を尽くせただろうに、と」

「それこそ怨むことではありません。……そういう方だったのです」

碧燿も星朗も、それぞれに忘れられない痛みと悲しみがある。言葉だけで心を軽くすることはできないのはお互いに承知しているから、しばらくの間、ただ眩い陽の光だけが静かに降り注いでいた。

やがて、星朗は気を取り直したように微笑んだ。

「姫君が巫馬《ふば》家に引き取られ、彤史《とうし》となられたことを仄聞《そくぶん》した時は安心いたしました。漏れ聞こえる噂からも、父君譲りのご気性だと分かりましたので」

「あの、噂になっていたのですか……？」

例の幽鬼《ゆうれい》の正体が彼だったということは、後宮で謎めいた事件が起きれば碧燿が釣れると承知していたということ。つまりは、彼女の気性が把握されていたということは、分かっていたのだけれど。

（どんな噂なんだろう……）

知りたいような知りたくないような、聞かなくても分かるような。羞恥に頬を染め、頭を抱える碧燿に、星朗はくすくすと忍び笑いを漏らした。

「まさしくあの御方のご息女だと、眩しくも頼もしくも思っておりました。ただ——その、やはり心配でもありました。皇帝陛下が、姫君の存在をどのように利用するか分かりませんでしたし。何より、宇文才人があのご様子でしたから」

そうだ、星朗は最初、藍熾を信じていなかったのだ。だからこそ、碧燿が父のように諫言によって罰せられることを恐れて忠告してくれた。

（皇帝陛下は、噂だけなら恐ろしい御方かも、ね）

武力で帝位を手中にした藍熾のことを、太皇太后と同様の苛烈で残酷な人柄だろうと恐れるのも無理はないのかもしれない。白鷺《はくろ》貴妃が去った今、彼に近しい妃嬪《ひひん》はひとりもいないことでもあるし。

藍熾の名誉のためにも誤解を解いておかなければ、と。碧燿は姿勢を正して星朗に拝礼した。

「助けていただいたこと、改めて心から感謝申し上げます。心配については——ごもっともだとは、思うのですが。皇帝陛下に関しては、杞憂であったことはお分かりいただけましたか……?」

言いながら碧燿が辺りを見回したのは、この場所こそが藍熾の人柄を物語っていると考えたからだ。

ふたりが話すこの一角は、身分低い者たちのための墓所だった。

婢や宦官、官奴たち——後宮で擦り潰れるまで働かされた彼ら彼女らは、葬られるというよりは打ち捨てられるのが定め。墓所といっても、詣《もう》でる者も稀な寂しい場所だ。

けれど今は、真新しい廟《びょう》が建てられ供物が供えられ、紙銭《しせん》を燃やした煙の香りが微かに漂っている。

生前も死後も顧みられない者たちを丁重に弔《とむら》うのは、皇帝直々の命令だと聞いた。

どうして急に、とも思ったけれど——星朗の話を聞いて、謎が解けた。

(陛下は、私より先に話を聞いていたんだ)

ここには、非業の死を遂げた星朗の友人たちも眠っている。太皇太后に弄ばれ、夏天の皇室のために命を捧げさせられた者たちを、藍熾は哀れんでくれたのだ。

父の死を忘れていなかったように。恩があると言ってくれたように。高貴な御方には取るに足らないはずの者たちにも心を向けてくれる皇帝の、なんと眩しいことだろう。

「私は——陛下にお仕えすることを名誉だと考えています。信じて、忠誠を尽くせる御方だと」

傲慢な男だと、最初は嫌悪も反発も覚えたのだけれど。それだけではないと、知ることができた。だから、星朗にも知って欲しい。

願いを込めて宣言すると、星朗は今度こそ晴れやかに微笑んだ。

「はい。時代が変わったのだと、ようやく得心いたしました。夏天は、これから繁栄の時を迎えましょう」

「ええ。そうだと、良いです……！」

藍熾ならきっと、やってくれる。碧燿たちが支えよう。

強く、しっかりと頷いてから見上げた空は高く青く、まさに夏天の国の名を表していた。

＊＊＊

さらに数日後、碧燿は後宮の書庫にいた。藍熾の命令で、何司令《かしれい》と共に古い書籍を捜索していたのだ。

「あ、ありました！　これですべてです」

「そう、良かった」

「書庫のこんなに奥まで掘り返したのは初めてです。陛下は、何を確かめたかったのでしょうね？」

申し付けられたのは、夏天の建国当初の後宮の記録だった。何かの先例を参照したかったのか――でも、今は宇文将軍の件の後始末で忙しそうなのに。

「あら、碧燿には分からないの？」

いつものおっとりとした微笑を崩さぬ何司令は、何の疑問も抱いていないようだった。

（心当たりがおありなのかな？）

経験豊富な上司の見解を、聞いてみたかったのだけれど。碧燿が口を開く前に、何司令はほんの少しだけ眉を顰めた。

「──碧燿、外朝に参上するなら髪を整えてからにしないと。格好も、そのままのつもり？」

書庫を漁っていた間に、碧燿の髪についた埃を取り除きながら、何司令は困ったように首を傾げた。

碧燿の格好とは、いつも通りの男装の袍《ほう》。髪も、例によって括っただけだ。

「ええ、まあ……」

一連の出来事については、書面によって藍熾に報告してきた。だから、探し出した書籍を届けるのが、「あの日」以来初めて外朝に参じる──ひいては、あの深い青の目の前に出る用件になる。

「あの、いつものことですし。今さら非礼ということもないかと思うのですが」

一度、着飾った姿を見せたからといって、またあんな格好をする必要もないと思うのだ。ひらひらして動き辛いし、藍熾の反応も何だか微妙だったし。

……何より、「女」として振る舞いたがっていると思われるのは耐え難い。

「私は、彤史なのですし。職務上も適切な格好だと、思います！」

「あら、彤史のままでいるつもりなの？」

「え──」

心の揺れを振り切ろうと、強く言い切ったつもりだったのに。何司令が怪訝そうに眉を寄せたものだから、碧燿は情けない声を上げてしまった。

「彤史で……いられなくなる、でしょうか。それとも、外朝に宇文将軍の糾弾に賛同する方もいたり、とか……?」

藍織の、巫馬家への寵が偏っている、というやつだ。たとえ私怨から出た主張であっても、同じように考える者が多いなら、藍織も無視できないかもしれない。

「ああ、そういうことではないのよ」

頰と声を強張らせた碧燿に、けれど何司令はおっとりと微笑んだ。

「たぶん、無用の心配だと思うのだけれど。それどころか──」

「それどころか⁉」

何司令の目を見開いた顔が、間近に迫った。上司の言葉を遮ったばかりか、食いつくように身を乗り出していたことに気付いて、碧燿の頰は熱くなる。

「あの、すみません……」

頰を押さえて俯けば、くすくすと柔らかに笑う声が降ってくる。

「まあ、私が陛下の御心を推し量るのも不敬なことでしょう。これから貴女はどうするのか、どうしたいのか──直接、伺えば良いのではないかしら」

何司令の意味ありげな言葉と微笑に送られて、書籍を抱えた碧燿は昭陽門から外朝に参じた。

「なんだ、もっと可愛い格好をして来れば良かったのに」

待ち構えていた珀雅は、碧燿の格好を見るなり、何司令と似たようなことを言った。

「先日が特別だったのです。ほら、『ああいう』格好は荷物を持つにも向きませんし」

「ああ、それは私が持とう。お前の細腕が折れてしまう」

「いえ、これくらいはいつものことなのですが……？」

碧燿の反論も虚しく、珀雅は半ば強引に書籍を奪い取っていった。

過保護な義兄は、柴郎中が義妹に接触する隙を許したことを重く見て、外朝では当面影のようにべったりと張り付くつもりらしい。

皇帝の寵臣である珀雅がいれば、悪意を持って碧燿に近付く恐れ知らずはいないはずで安心――かというとそうでもなく、兄妹揃って外朝の廊下を進んでいると、あちこちから聞こえる官吏の囁き声が、碧燿の胸にさざ波を立てる。

「巫馬家の――」

「宇文将軍を論破したとか」

「その時は、天女のような美しさだったというが」

「今は、少年のようだな」

「また着飾ってくれぬものか」

「後々、寵姫になるのなら――」

どれも不躾で落ち着かない囁きではあるけれど、最後のものに対しては、特に発言者に詰め寄りたくなるのを堪えるのに苦労した。

(寵姫になるのなら、どうするつもりなんだろう)

今のうちに媚びを売っておこう、などと目論んでいるのだとしたら、非常に困る。

義父や義兄は、上手いことあしらってくれるだろうとは思うけれど、そのように思われているということ自体が不安だった。

(私はやっぱり、騒動の原因になるの……?)

官たちが浮き立っているのは、藍熾も気付いていることだろう。

何司令は無用の心配と言ってくれたけれど、今日、呼び出されたのはやはり馘首《クビ》を申し渡すためではないのだろうか。少なくとも、外朝に参じるのはこれで最後になるかもしれない。通行証も、返上するよう言われるのかも。

(陛下の御心を勝手に推し量るのは、不敬……何であれ、命じられたことに従わなくては)

何司令のもうひとつの言葉を噛み締めて、ともすればどこまでも沈み込みそうになる思いにはひとまず蓋をして。碧燿は、傍らを歩む珀雅を見上げた。

「義兄様《にいさま》。ひとつ、お聞きしたいことがありました」

「なんだ、碧燿?」

宇文家の追放は、後宮だけでなく外朝にも決して小さくない混乱をもたらした。まして、武官である珀雅は体制の変更への対応のために多忙を極めていたから、兄妹で語り合う時間もなかなか取れずにいたのだ。

藍熾と会う前のこの隙に、どうしても確かめておかなければならないことがある。

「あの時、どうして義兄様が助けてくれなかったのですか?」

宇文将軍が、拳を振り上げた時のことだ。思い返してみれば、将軍と碧燿と藍熾と珀雅と、四者の距離はさほど離れていなかったと思う。

(皇帝陛下を危険に晒すのは、職務怠慢というものでは?)

何も、義兄が助けてくれなかった、と恨み言を言うつもりではない。皇帝の側近の武官としては失態なのではないか、と言いたいのだ。

珀雅のことだから、藍熾が碧燿を助けるのは良い兆候、などと咄嗟に考えたのかもしれない。主君を守ることより義妹の売り込みを優先したなら、由々しきこと。猛省を促さなければならない。

「ああ、あれか」

珀雅は軽く眉を顰めた。後ろめたい考えがあったのを認めるのか、と。碧燿は息を詰めて次の言葉を待った。

「無論、私が動くべきだった」

深々とした溜息と共に、珀雅はあっさりと認めた。

「身の丈に合わぬ矜持を拗《こじ》らせた卑怯者に、可愛い義妹《いもうと》を傷つけさせてなるものか」

「……では、なぜ？」

宇文将軍への辛辣な形容は、まあ妥当ではある。少なくともわざわざ訂正する必要は感じない。義兄に大切にされていることも、碧燿は疑っていない。

でも、義妹を守りつつ嫌いな相手を殴り返せるなら、珀雅は喜んでそのようにしそうなものなのに。

碧燿の疑問と疑惑の眼差しを受けて、珀雅は肩を竦めた。

「簡単なこと。陛下のほうが、速かった」

「え──」

呟いたきり、碧燿は思わず足を止めてしまう。そうと気付かぬままに足を進めた珀雅の呟きは、彼の背中越しに届いた。

「まったくもって不甲斐ないことだ。ますます精進しなければならないな」

と、そこで義妹を置き去りにしていることに気付いたらしく、珀雅は振り返った。

貴公子然とした端整な面に、揶揄うような笑みを浮かべている。

「碧燿。早く参らねば」

「は、はい」

慌てて足を急がせながら、碧燿は頬を押さえる。

まったく、義兄はとんでもないことを言ってくれた。ただでさえ心が波立っているところに、あんなことを聞かされた後で、いったいどんな顔で藍熾に向き合えば良いのだろう。


碧燿と珀雅は、先日の執務室とは違う、やや小さな部屋に通された。皇帝の休憩のための場所だから、外朝の中でも私的な空間に属するだろう。そこに入ることを許されたのは、信頼の証ではあるのだろうか。

「来たか。──うむ、お前はその格好のほうが良いな」

碧燿の化粧っ気の薄い姿をじっくりと眺めて、藍熾はなぜかしみじみと呟いた。着飾った姿を見られた時は、やけに驚いた──ぎょっとした、とさえ言える表情をしていた記憶も新しい。

（いったい、どういう意味なんだろう……？）

気になりは、するけれど。皇帝の尊い心の裡を推し量るなんて非礼なことだから、碧燿はただ恭しく目を伏せた。

「恐れ入ります」

卓の上に茶菓を並べた従者が退出すると、珀雅は図々しくも朗らかに切り出した。

「先日の装いはお気に召しませんでしたか。この機会に妃嬪に取り立てていただけぬものかと、期待しておりましたのに」

「ちょっと、義兄様――」

側近ゆえの冗談交じりだとしても、皇帝に対してあまりにも直截的な提案だ。それも、碧燿がいる目の前で言うのだから質が悪い。

慌てて窘めようとしたのだけれど――当の藍熾は、出過ぎた発言を咎めることもなく、ゆったりと茶の香りを楽しんでいる。荒々しい表情を見ることが多い御方ではあるけれど、皇族の気品は所作の端々に見えるものだ。

「実態と合わない位を与えるのは禍《わざわい》の元だ。淑真《しゅくしん》のことで、思い知った」

こつ、と。藍熾が茶器を卓に戻す音が、やけに鋭く響いた。彼はまだ、白鷺貴妃を傷つけたことを忘れられていないのだ。

「愛していない女を貴妃にしたのは間違いだった。であれば、お前についてもそのようにすべきではないのだろう」

「陛下……」

碧燿の胸が締め付けられたのは、いったいなぜだろう。

愛していない、妃嬪にする気はないと言われて悲しいような。けれど一方で、白鷺貴妃と引き比べられるのは、この上ない特別扱いでもあるような。

（陛下にとって私は、いったい……？）

それを問うのもまた、臣下の身では不遜なことだ。だから何も言えず、身動きも取れないでいる碧燿に、藍熾はにやり、と笑いかけた。

「それに、妃嬪にしてしまっては簡単に後宮から出せなくなる。連れ回すことも難しくなるではないか」

「……はい？」

満腹の猛獣が、機嫌良く唸ったようだった。獰猛さはふんだんに漂わせつつ、恐ろしいとは感じさせない——でも、彼は今、何と言っただろう。絶句した碧燿が瞬いていると、藍熾は鷹揚に続けた。

「お前にはもっと相応しい立場がある。——見つかったか？」

「は、はい」

では、藍熾は後宮に引き籠れ、と告げるために碧燿を呼び出したのではないのだ。それは朗報と思って良いだろうか。

（でも、連れ回すって——どこに、どこまで⁉）

期待と不安がないまぜになった感情に、胸をかき乱されながら。碧燿は、珀雅に運ばせた書籍を手に取った。藍熾に命じられて、後宮の書庫から掘り出しておいたものだ。

「こちらが、お求めのものです」

それは、夏天の妃嬪の言行録。何司令にも手伝ってもらって、ようやく探し出したもの。国史に記されるような記録ではないけれど、歴代の彤史が蓄積してきたものだ。皇帝の私的な振る舞いに言及した部分もあり、閲覧と持ち出しの手続きにもなかなか手間取った。……これをどうするかについても、とても気になってはいたのだけれど。

「確か、三代麒隆《きりゅう》帝の御代のことだったと思うのだが——ああ、これだな」

訝しむ碧燿を余所に、藍熾は丁寧な手つきで古い紙をめくる。逞しい武人の身体を持つ彼には不似合いな仕草にも思えるけれど、皇帝とは日ごろから貴重な資料や書簡に触れるものなのだと思い出させられる。

やがて目当ての記述を見つけたらしく、藍熾はその頁《ページ》を広げて碧燿と珀雅にも示した。低い声が、数百年前の後宮の住人の姿を現在に蘇らせる。

「麒隆帝の貴妃宋《そう》氏《し》は聡明で学識深く、外朝にあっても諸侯諸官の師として尊ばれた。特別に正一品《せいいっぽん》の官位を与えて曰《いわ》く、秘書女学士《ひしょじょがくし》、と」

古い時代の後宮のことを、噂ていどにでも知っているとは、さすが皇族、と言ったところだろうか。

広く世間に知られていないのは、女が官位を得たという前例は、男社会の官の世界では不都合だからか。あるいは、太皇太后の再来を恐れて、あえて忘れようとしたのかもしれない。

「素晴らしい妃がいらっしゃったのですね。異例の待遇を認めさせた、麒隆帝も名君であらせられたのでしょうが――」

諸々の事情に思いを馳せつつ、碧燿はふんわりとした感想を述べた。まさか藍熾は、歴史の授業をするためにこの書籍を取り寄せたのではないだろう。

（この記述を見せて、どうしようというのです……？）

はっきりと聞けずに戸惑う碧燿を横目に、珀雅はくすくすと忍び笑いを漏らした。

「碧燿。お前はもっと賢い子ではなかったかな……？」

「義兄様……？」

「まったく。意外と鈍い娘だな」

ふと気付けば、藍熾も呆れたような目で彼女を見ている。……ここまで言われれば、さすがに碧燿も察した。

（もしかして、何司令もお気付きで……!?）

気付かなかったのは彼女ばかり、ということのようだった。でも、だって。そんな都合の良いことを、思いつけるはずがない。

「あの——私をその位に、と仰るのですか……!?」

貴妃が賜った、正一品の位だとか。諸侯諸官の師だとか。簡潔な記述が伝えるその内容は、あまりにも輝かしく畏れ多い。二十歳にもならない小娘が帯びて良い職位では、絶対にないと思うのに。

「さすがに正一品をいきなり与えるのは角《かど》も立とう。まずは四品から始めるのが良いだろう。この分だと、昇進させる機会はいくらでも出てきそうだ」

なのに、藍熾は楽しそうに笑っている。

「宇文将軍の言も、一応の理はあった。女官風情を過分に厚遇しては混乱を招く、とか何とか——ならば、外朝でも相応しい地位に就ければ問題あるまい」

「あの方は、そういう意味で仰ったのではないと思いますが……」

だから碧燿を遠ざけろ、と言いたかったのだろうに、正反対の対応を思いつくなんて。大胆な傑物なのかどうか、批判する者は出ないだろうか。碧燿から見ても、心配の種は尽きないというのに。

「地位を与えたからと言って、お前は悪用も濫用もしないであろう。少しばかり、やりやすくしてやる、というだけのことだ。……不満か？」

「いいえ！　そのようなことは、決して！」

こうまで言われて、首を振ることなどできるはずもない。責任の重さに震えはするけれど――これほどの信頼を寄せられたことへの、喜びと感動が、遥かに勝る。

「記録が、彤史の役職が蔑ろにされることは不本意に思っておりました。けれど、だからといって実家の権威を借りることはできませんし、まして妃嬪になることなど考えられませんでした」

出自や容姿ではなく、彼女自身を認めて欲しい――図々しいほどの願い、碧燿自身がつい最近まではっきりと認識していなかった心の奥底の願いを、藍熾は見事に汲み取ってくれた。

(私が何より欲しいものをくださるなんて)

それは、地位でも名誉でも、まして寵愛でもない。

真実の記録に、価値を見出してくれるということ。彼女の意地を矜持を、嗤わず疎まず軽んじず、思う存分追及して良いということ。それを、もっとも尊い皇帝の権威でもって保証してくれるということ。

「たいへん嬉しく――光栄に存じます！」

溢れる喜びに駆られて、碧燿は席を立つと藍熾の前に跪いた。

「ご信任には必ずお応えいたします。どのような辺境であろうと戦場であろうと、陛下について参ります。そうして、真実を記します。陛下のお姿を後世に伝えることこそが、私の務めと心得ます。――そのような理解で、よろしいでしょうか」

「うむ。期待しているぞ」

言葉をかけられて顔を上げれば、深い藍色の目が彼女を見下ろしている。激しい火花を秘めた、苛烈な色だと思ったこともあるけれど、その目に宿る覇気を、今は頼もしいと思う。悪戯《いたずら》っぽく笑う余裕さえ、ある。

「陛下の偉業のみならず、過ちも記すかもしれません。これからも何かと煩いかと存じます」

藍織のすべてを記すことは、碧燿の喜びになるだろう。何があっても、筆を鈍らせたりしないのだ。

彼女の名が歴史に残ることはないかもしれないけれど、彼女が綴った藍織の姿はいつまでも語り継がれる。記録を使命とする者にとって、それはこの上ない名誉だ。

「追放しようとしても従いません。死を賜るというなら、泰山府君《たいざんふくん》（冥府の神）の御《み》許《もと》で陛下の禄命簿《ろくめいぼ》（人の命運の記録）を担当させていただきましょう」

今回の件では、碧燿はどこまでも父の娘として見られているのを痛感した。父の娘だからと星朗に守られ、父の娘だからと宇文将軍に妬まれた。──いつまでもそんなことでは、いられない。

（私は、私自身として立たなければ。陛下と共に、陛下のお傍で……！）

もはや巴公氏の娘ではない、巫馬氏の碧燿として、その名を世間に認めさせたい。

それを成し遂げるための立場が、地位が、功績が欲しい。そうすれば、泉下の父母も安らげるというものだろう。

「私は決して、陛下を逃しません。――それでも、構いませんか？」

問いかけたのは、形ばかりのことだった。藍熾はもう、碧燿の気性を認めてくれている。その上で、地位を与えてくれるのだ。思いのままに振る舞っても、怒りを買うことはないだろう。そういう方だからこそ、仕えたいと思うのだ。

碧燿の、挑むような、それでいて期待を込めた眼差しに応えて、藍熾は晴れやかに笑った。

「構わぬ。以前にも同じようなことを言ったであろう？」

「――はい！」

碧燿も破顔して頷いたところで、珀雅が口を挟む。

「話が終わったなら座りなさい、碧燿。茶が冷めないうちにいただこう」

「はい。義兄様。――陛下、それでは頂戴いたします」

やけに満足そうな表情の珀雅は、何を考えているのだろう。義妹が官位を得たことは、巫馬家にとっては名誉なのか。妃嬪の地位は遠のいたとも言えるけれど――今は様子を見よう、ということなのかもしれない。

（何を考えているか、知らないけど――）

構わない、と碧燿は心に決めた。

彼女と藍熾の繋がりは、ただの皇帝と臣下なのかどうか。そうでないなら、どのような関係を望むのか。彼女の想いに名をつけるなら、何なのか。

今はまだ、分からなくても良いと思うのだ。藍熾とは、これからも長い付き合いになるのだろうから。いずれ、腑に落ちる答えが見つかる日も来るだろう。

だから、今のところは、尊敬すべき主君と親愛なる義兄と共にいられる幸せを喜び、このひと時を楽しもう。

そう決めて口に運んだ菓子は甘く、碧燿の口の中でほろりと崩れた。

＊　＊　＊

藍熾のもとで何を記すか、で頭がいっぱいの碧燿は、まだ気付いていない。彼女自身も記録される対象になり得ることに。

皇帝の傍近くに仕える、碧玉《へきぎょく》の目に燿《かがや》く赤い髪の男装の麗人。栄《は》えある古の官位を再び賜った、聡明なる秘書女学士。

その女性が、どのような逸話で後世に語られるのか——それはまだ、誰も知らない。

◉定価：770円（10%税込）　◉イラスト：宵マチ　ISBN:978-4-434-34986-7

俺の妻はたった一人だけ

文様を奪い、身に宿す特異な力を持つ世梨《せり》は、養家から戻された「いらない子」。世梨《せり》を愛してくれる人はおらず、生家では女中同然の扱いを受けていた。そんな彼女の心のよりどころは、愛してくれた亡き祖父が作った着物から奪った文様だけ。ある日、蒐集家《しゅうしゅうか》だという千後瀧紫水《ちごたきしすい》が郷戸家を訪れる。両親が躍起になって媚びる彼は、名家・千後瀧家の当主。──そして、龍神。妻を迎える気はなかったという紫水だが、自分の妻になる代わりに、売り払われた祖父の着物を取り戻すと世梨に持ちかけてきて……？　文様と想いが織りなす和風シンデレラストーリー！

定価：770円（10％税込）　ISBN：978-4-434-35141-9

イラスト：榊空也

光をくれた君のために
僕は生きる
#消えたい僕は君に150字の愛をあげる
川奈あさ
【私ってほとんど透明だ。別にいても、いなくても、
どっちでもいいそんな人間】周りの空気を読みすぎて、
自分の気持ちをいつも後回しにしてしまう雫《しずく》は、
今日も想いを150字のSNS『Letter』にこっそり投稿する。
そんなある日、クラスの人気者・駆《かける》から
「一緒に物語を作ってほしい」と頼まれる。
駆はLetterで開催されるコンテストに応募したいのだと言う。
物語の種を探すため、季節や色を探しに
出かけることになった二人は次第に惹かれ合い、
互いの心の奥底に隠された秘密に触れて……？
誰かになりたくて、なれなかった透明な二人。
誰にも言えなかった、本当の想いが初めて溢れ出す──
#消えたい僕は君に150字の愛をあげる
川奈あさ
アルファポリス文庫

◉定価：本体880円（10%税込み）　◉イラスト：萩森じあ

この剣で、後宮の闇を
暴いてみせる。

刀術の道場を営む家に生まれた朱鈴苺《しゅりんめい》は、幼いころから剣の鍛錬に励んできた。ある日、「徳妃・林蘭玉《りんらんぎょく》の専属武官として仕えよ」と勅命が下る。しかも、なぜか男装して宦官として振舞わなければならないという。疑問に思っていた鈴苺だったが、幼馴染の皇帝・劉銀《りゅうぎん》から、近ごろ後宮を騒がせている女官行方不明事件の真相を追うために力を貸してくれと頼まれる。密命を受けた鈴苺は、林徳妃をはじめとした四夫人と交流を深める裏で、事件の真相を探りはじめるが——

定価:770円(10%税込み)　ISBN :978-4-434-35142-6

イラスト:沙月

ISBN:978-4-434-34833-4

アルファポリス第7回キャラ文芸大賞

大賞受賞作!

秘密を抱えた妃の中華後宮ストーリー

蝶の形の痣《あざ》がコンプレックスの蘭月《らんげつ》。
持ち前の化粧技術で痣を隠している蘭月は、
彼女を妬む兄によって後宮に入れられてしまう。
後宮では化粧によって悪女のようだと言われているが、
ある日、素顔を皇帝・漣龍《れんりゅう》に見られてしまった!
咄嗟に蘭月の侍女だと嘘をついたが、
そのせいで妃と侍女の二重生活が始まる。
二つの姿と化粧を駆使して
後宮の問題を解決していくうちに、
皇帝との距離が近づいていき……?
アルファポリス第7回キャラ文芸大賞大賞受賞作!

◉定価:770円(10%税込)　◉イラスト:カズアキ　ISBN:978-4-434-34989-8

この作品に対する皆様のご意見・ご感想をお待ちしております。

おハガキ・お手紙は以下の宛先にお送りください。

【宛先】

〒150-6019 東京都渋谷区恵比寿4-20-3 恵比寿ｶﾞｰﾃﾞﾝﾌﾟﾚｲｽﾀﾜｰ 19F
（株）アルファポリス　書籍感想係

メールフォームでのご意見・ご感想は右のＱＲコードから、
あるいは以下のワードで検索をかけてください。

アルファポリス　書籍の感想　検索

ご感想はこちらから

アルファポリス文庫

後宮《こうきゅう》の記録女官《きろくじょかん》は真実《しんじつ》を記《しる》す

悠井すみれ（ゆい すみれ）

2025年 3月 30日初版発行

編　集－矢澤達也・宮田可南子
編集長－太田鉄平
発行者－梶本雄介
発行所－株式会社アルファポリス
〒150-6019 東京都渋谷区恵比寿4-20-3 恵比寿ｶﾞｰﾃﾞﾝﾌﾟﾚｲｽﾀﾜｰ19F
TEL 03-6277-1601（営業）　03-6277-1602（編集）
URL https://www.alphapolis.co.jp/
発売元－株式会社星雲社（共同出版社・流通責任出版社）
〒112-0005 東京都文京区水道1-3-30
TEL 03-3868-3275
装丁イラスト－武田ほたる
装丁デザイン－西村弘美
印刷－中央精版印刷株式会社

価格はカバーに表示されてあります。

落丁乱丁の場合はアルファポリスまでご連絡ください。

送料は小社負担でお取り替えします。


ISBN978-4-434-35461-8 C0193